喜相逢

一生低首紫罗兰　周瘦鹃　文集

周瘦鹃　著

广陵书社

图书在版编目（ＣＩＰ）数据

喜相逢 / 周瘦鹃著. -- 扬州：广陵书社，2020.3（2022.3 重印）
（一生低首紫罗兰：周瘦鹃文集 / 陈武主编）
ISBN 978-7-5554-1368-4

Ⅰ．①喜… Ⅱ．①周… Ⅲ．①短篇小说－小说集－中
国－当代 Ⅳ．①I247.7

中国版本图书馆CIP数据核字(2019)第280922号

书　　名	喜相逢	丛 书 名	一生低首紫罗兰——周瘦鹃文集	
著　　者	周瘦鹃	丛书主编	陈　武	
责任编辑	胡　珍	特约编辑	罗路晗	
出 版 人	曾学文	封面设计	琥珀视觉	

出版发行 广陵书社
　　　　　　扬州市四望亭路 2-4 号　　　　　邮编：225001
　　　　　　(0514)85228081(总编办)　　　85228088(发行部)
　　　　　　http://www.yzglpub.com　　　　E - mail:yzglss@163.com
印　　刷 三河市华东印刷有限公司

开　　本 787mm×1092mm　　1/32
字　　数 100 千字
印　　张 6.625
版　　次 2020 年 3 月第 1 版
印　　次 2022 年 3 月第 2 次印刷
书　　号 ISBN 978-7-5554-1368-4
定　　价 45.00 元

从军，竟能割断情丝，学那温太真绝裾而去，这真不可及！吾听得你们两下里绝了交，吾就乘隙而入，把钱儿晦气，买她的欢心，她居然倾心于吾，吾益发奋勉。今天金刚钻，明天蓝宝石，尽力地去巴结她。哈哈，果然天从人愿，不久就交换指环，生受她一声声娇唤郎君了。只吾夺了你的旧爱，你可恨吾么？"郑亮笑道："吾不恨你，女子的心，原是最容易变的，她爱哪个，就爱哪个。吾也没奈何她，只望你此番好好儿地回去，长隶玉镜台畔，善事玉人，一辈子享受那闺中艳福，别使她望穿秋水，怨王孙久不归呢！"张伯琴欢然道："好老友，你如此大量，吾再要和你握握手。吾也望你安然归去，横竖吾家有百万，你倘然没有啖饭地，尽可投到吾家来，做吾父亲的记室，薪水从丰便了。"郑亮道："多谢你的盛意，只是吾却不想再回到故乡去。这回倘然不做战死之鬼，以后也须留在军中，终生以戎马为生涯了。"张伯琴道："这也很好，从军原是快事，吾非常赞成的。以今吾在第二队中，你可是在第一队么？"郑亮道："正是。此刻吾们暂别，相见之日正长咧。"说着，又和张伯琴握了一握手，同那小队长走了开去，往小山上仰天长啸去了。

过了约有半个月，不过天天操演，夜夜防守，并没经过战事。郑亮眼见得英雄无用武之地，觉得闷得慌，心里早已跃跃欲试，但望他快些儿发现战事，便能上沙场杀敌去，就是死了，也算是个荣誉之魂。横竖吾孑然一身，既没有父母，又没有家室，毫无牵挂，死了也不打紧。男儿合为国家死，半壁江山一墓田。烈烈轰轰地死一场，可不辱没吾"郑亮"两字呢！

　　一天，忽听得民军已在汉阳和清军交战，这两队学生军须得开赴前敌助战，郑亮听了，十分得意，几乎要距跃三百，曲踊三百。这一天，黄昏时候，已到了汉阳。只见药云漫天，弹雨卷地，枪炮之声隆隆不绝。这边的统领，当下便发出一个进军的号令，这二百多个初出茅庐的学生，一个个抱着马援马革裹尸之志，勇往直前。各人的大小脑里，一个装着那身经七十余战的西楚霸王项羽，一个装着纵横欧罗巴洲的绝世怪杰拿破仑，因此，战得甚是勇敢，没一个退缩。虽是死伤不少，却还不屈不挠。郑亮比别人自然更加奋勇，心胆俱壮，血汗交流，他心目中一切都没有，只有那敌人，拼命地冲将过去。这边的小队长身中子弹，跌倒在地，还振喉大呼道："诸君快奋勇杀敌，使吾们学生军的荣誉传遍全世界！"于是，大家又平添了百倍勇气，拼着命儿冲去。前后战了两个钟头，依旧相持不下，两军都宣告停战，检点两队学生军中，一共死伤四五十人，都由红十字会招去。

第二天朝日方升，其红如血，两军又开起战来。这边民军抵敌着清军大队，两队学生军却去袭击他们的支队。慢慢儿地掩去，掩到一百五十码左近，郑亮劈头大喊一声，一跃而前。那一百几十个血性少年，跟着他像猛虎出柙般冲向前去！一百几十把明晃晃的刺刀，映着晓日，闪闪作光。那边清军原不过七八十人，抵御了好一会，果然支持不住，都丢了枪逃了。学生军便插起军旗，把那地方占领。大家经了这一场恶战，不免有些儿困倦。郑亮身上受了好几处伤，伏在河边喘着。忽见河当中有一个人，伸着两臂，高声呼救。远处还有弹丸一个个地飞来，落在河中，那人不住地喊着。郑亮举目瞧时，见是张伯琴。这时，他心里想：这人是吾情敌，夺吾的意中人，吾何必去救他。他死了，也好使那负情人心里悲痛悲痛，也算出了吾心头的怨气。停了会儿，猛可里长叹一声，颤巍巍然立起身来，跃入河中。正在这当儿，河的对岸三四百码外早又来了一队清军，不住地把机关枪、毛瑟枪向这边遥射。郑亮置之不顾，游向河心，抱住了张伯琴，回到岸边。刚上得岸，忽地飞来一个弹子，恰打在郑亮肩头，便扑的倒在地上，晕了过去。

四

郑亮在医院里好几天不省人事。一天，那军中的统领特地来瞧他，问那看护妇道："姑娘，那人怎么样了？"看护妇道："将军，他已出了险了，大约不致有甚么意外咧。"统领喜道："敬谢上帝，吾们军中原不能少那郑亮似的好男儿。此刻他醒着么？"看护妇道："醒着。"统领道："吾要和他说几句话。"说着，便走进病房，到那郑亮的床边，坐了下来。郑亮举起那只无力的手，行了个军礼。统领道："郑亮，你不必拘礼了。那天你的一番作为，又义又勇，真足为吾们军人生色。那大军中也都已知道你的事，很为叹服。听说要赠你一个宝星咧！"郑亮道："将军，吾不愿意得甚么宝星，倘能许吾永远做一个军人，替国家效力，就感激不尽了！"统领道："你有这样志气，不愧是中国的好男儿。这事万万没有不许你的，只吾有一件事告诉你。那天你所救的人，因为受伤过重，已死了。"郑亮失色道："怎么，张伯琴已死了么？张伯琴已死了么？"统领道："正是。他才是昨天死的。郑君，再会。吾望你立刻就好。"说罢，和郑亮握手而去。郑亮喃喃自语道："张伯琴死了，张伯琴死了。"一面说，一面躺了下去。替那陈秀英着想，想夫婿战死沙场，一去不归，"可怜无定河边骨，犹是春闺梦里人"。她听得了这恶消息，不知道芳心中要怎样悲痛呢！

过了三个月，郑亮已升为军官。一天，蓦地里接到了一封信，一瞧却是陈秀英的手笔。只见信笺上边写着道：

　　郑亮吾君如握：妾夫不幸，竟作沙场之鬼，良使妾悲！然吾君无恙，差堪少慰。妾至今未尝忘吾君。曩昔之情，犹温靡心上。吾君戎马之暇，或亦念及旧人乎？迢迢千里，相思无极，月夕花晨，梦想为劳。君以何日归，妾当为君解战袍也。

郑亮一连读了三遍，蓦地撕成了几百条，摔在地下，把脚一阵子乱踹，轻轻骂道："好一个无耻的女子！好一个无耻的女子！"当下，撇开了这假爱情，就不免想起了真爱情。朝朝暮暮，把那"李淑娟"三字深深地镌在心坎上。

等到战事完毕，他便跨马回去，向李淑娟求婚。淑娟禀明老父，立即答应。一个月后，这一对小鸳鸯，已在红氍毹上盈盈对立，交换指环。结婚后，伉俪间万分相得。淑娟却时时向郑亮道："郎君，你娶了吾，别忘了祖国。吾虽然望你爱吾，吾也要望你爱祖国！郎君，你须体贴吾的心。"郑亮听了她这种有志气的话，更加钦佩，想世界上竟有这样柔肠侠骨的好女子，能不使人五体投地！那李老翁年纪虽然大了，精神却还矍铄，对着这一对爱婿娇女，得意非常，不时掀着那千缕银丝般的白髯，微微而笑。那城里远远近近的人，都很艳羡他们。每当春秋佳日，往往见夫妇俩比肩同出，一个戎服映日，一个罗衣凌风；或是双骑游山，或是一舸玩水，有时联袂看花，有时同车送晚。大家见了，都啧啧称羡，说是神仙眷属呢。

（选自《礼拜六》第 5、6 期，上海中华图书馆 1914 年版）

此恨绵绵无绝期

革命之战云，消散垂五稔矣。当战云漠漠时，吾夫宗雄亦身列戎行，仗刀杀敌，凡二阅月。春闺梦里之人，幸未做无定河边之骨，创于背而归，医生谓是瘫痪之症，他日或且侵及心脏。伤哉宗郎！吾至爱之人，今夕汝双眸炯炯，注于火炉之中，果何所见者，其见当年大战时沙场上血飞肉舞之惨状耶？抑见当年结婚时洞房中香温玉软之美景耶？当跃马出战时，郎年廿七妾廿五，汝面直类莲花，潘安、卫玠，见汝或且失色。犹忆结婚之后两月，正四月艳阳之天，绿荫罨画，芳华满眼，景色良复可人。红窗风月夜，乐事正多，郎鼓批亚那①，妾唱定情歌；或则盈盈比肩，偎倚窗前，指点天上春星，猜测姮娥心事。新婚燕尔，伉俪之情弥笃，红楼翠幕中，光阴正大好也，汝今犹记之否耶？

　　孰意是年桂花香候，战云突起，宗郎英英，固汉家健儿，竟不顾儿女私情，横戈赴战。去后匝月，杳无只字见贻，吾朝朝暮暮，想思无极，征妇泪洒向玉阑干，晚妆楼化作望夫山，天下至苦之事，莫闺中人思夫若也。复阅月余，郎归矣！吾大悦，逆之门外，几欲法欧西说部中多情之女郎，见征夫战后归来，展藕臂，抱而与之亲吻。寻扶入闺中，亟问别来无恙否？吾夫黯然曰："吾虽未做沙场之鬼，然创于背，成废疾矣！"吾曰："药云弹雨中，固非安乐之乡，且玉郎莲花之面，亦滋消瘦，弗类曩日玉镜台畔人矣。"因相与慨叹者久之。

　　吾夫耽静，以市居尘嚣，迁寓野外一精舍中，上下

---

　　①　批亚那：钢琴。

仅二三间，方春绿樾交檐，绛花蔽门，好鸟歌于树底，声长日绵蛮不断，地特幽蒨，类隐者居。屋后小园中万绿如海，间着嫣红，灿烂如锦，置身其间，如处神仙福地；屋前百数十武外有球场，芳草平铺，软茵衬足，夕阳红抹时，碧眼绀发者流，恒呼群啸侣，来此击球。吾夫杜门习静，以书自遣，或与吾絮语，或则坐安乐椅中，临窗观球，于意滋适。戚畹故旧，初不过从，即吾母家亦绝弗往来，盖吾适宗雄，母以其清贫，滋不谓然。妹氏蕙贞，嫁夫至富贵，罗绮被体，金刚石累累然，大于戎菽，风日明媚之辰，辄嬲夫婿挟阿母同坐摩托卡，驰骋南京路中，其疾如飞，阿母于此，老怀弥适，笑口靡有闭时，安得念及屏居野外人贱女贫婿耶？而爱吾如掌珠之老父，则已做古人，吾身遂成孤露，然吾秉性恬淡，初不艳羡妹氏，以为多金不为富，夫妇间必富于爱情，始称富耳。吾夫早失怙恃，父母逝世相去仅三日，上无翁姑，凡百都如吾意，吾夫爱吾，亦唯唯不加可否。盖天下有娇妻者，万事体贴入微，未尝敢少拂妻意，生其娇嗔。吾家本匪富，顾每日之一饮一啄，无虞匮乏，应门有僮，司炊有婢，有书可读，有花可种，一夫一妇，尽足享人间清福。彼富翁者，徒觉其铜臭薰人，俗不可耐耳！

嘻！宗雄吾夫，汝目眈眈然注于窗外，殆有所见耶？嘻，吾闻马蹄嘚嘚之声，止于门前矣。阶下绿草不芟，今日谁来践踏者？"吾夫吾夫，吾见其首矣，是汝至友洪秋塘君也。吾夫，阿春方出，吾其下楼启关，延之入乎？"吾夫颔首曰："可，旧雨来，吾良怿也。"

洪秋塘君者，吾夫之旧同学，生平肝胆交也，丰度翩翩，不亚于吾夫。吾于归时，三日新妇，屏角窥人，吾夫第一即引吾见是人。渠有母，老悖不近人情，妹数人，俱便娟如天上安琪儿，"安琪儿"三字，吾恒见之于新说部中。三字上每冠以"玉艳花娇"等字，吾遂以为是殆西方美人。一日吾夫告吾，谓是英字 Angel，言天使也，举以状美人，犹吾国作家所谓姑射仙人、洛水神姝耳。吾唯唯，吾夫凝视吾良久，遽笑而言曰："纫芳吾爱，汝亦大类安琪儿也！"吾低鬟赧绝，曼声啐之，谓郎今日亦调侃吾，是何理耶？吾夫莞尔而笑，把吾手弗释。洪秋塘君来后，即与吾夫促膝闲谈，吾则坐吾夫后，侧耳而听。吾夫谈甚乐，笑声弗绝，为平昔所未有也。

秋塘君年三十，吾夫三十一，而吾则二十有九。秋塘犹未娶，盖其眼界高，视群雌粥粥，无当意者。他无所好，第好读书，目中所见殆千种，一日市上新出版之说部及杂志十数种，遗吾夫，茶熟香温之候，吾每遴其新奇有味者，为吾夫朗声读之。吾夫为状滋悦，仰坐摇椅上，以其温蔼慈祥之目光，定注吾面，颊辅间微现笑容。然以长日槁坐，弗克自由行动，恒生恼怒，怒极则自咒速死。嗟夫宗郎！当未从戎前，汝实温驯如绵羊，未尝有须臾之恼怒者也。

一月中，秋塘君时来吾家，风和日朗之辰，野游归来，辄来款关。吾夫颇喜其人，时盼其来，闻门上有纤声，吾或在他室，吾夫必扬声呼曰："纫芳吾爱，趣下楼启关，秋塘来矣。"秋塘年已三十，犹有童心，谑浪笑傲，靡有已时。昨日渠来时，吾以茗进，渠遽起夺，水溅吾手，吾低声而呼，渠急曰："吾乃伧甚，水灼君手乎？"言时以目注吾，目中乃呈异光，此光常于吾夫目中见之。

今日午后，秋塘之母夫人来矣。往年吾尝数遇其人，性暴戾，多言如鹦鹉，年五十有五矣，犹靓妆华服，粲粲如女郎，浅笑轻颦，作老美人娇态。来时且挟一少年郎与俱，时时流目送盼，如母之爱子，实则子仅秋塘一人，此少年殊不知为谁氏子，自是吾益鄙夷是媪，念吾他日誓不作斯态也。吾夫虽深爱秋塘，顾亦深恶其母，几欲斥之为人妖，特以秋塘故，仍遇之以礼，弗敢少加侮慢。媪背窗而坐，目灼灼视吾不已，继私语吾夫，谓吾从何处得驻颜术，玉貌花肤，犹似十七八少年时也。夫以语吾，吾一笑置之。须臾秋塘来，邀吾二人于星期三日往彼家晚餐，吾初弗欲往，而吾夫殊跃跃，吾爱吾夫，胡忍使之弗怿，渠欲往则吾亦往耳。

星期三日，吾夫欢笑如孺子，吾见吾夫乐，则亦大乐。薄暮时，秋塘以马车来迓，翻箧出新衣服之，对镜顾影者良久，似较平日少有风致。吾夫则在寝室中，属阿春助之更衣，秋塘方与吾夫语，居顷之，斗闻足音蛩然，向吾室来。吾审为秋塘，心不期微跃，亦不自知其所以然，引首则见秋塘已入，手红玫瑰一巨束，花香扑人欲醉，含笑谓吾曰："君为状如白玫瑰，故吾以红玫瑰来，以为点缀。"语既，以花授吾，吾受花，木立如痴，不知应报以何语。秋塘微睨吾，遽曰："纫芳，君得毋怒吾乎？"秋塘夙称吾为嫂，迩来则叨芳吾，盖从吾夫命也，吾复默然者移时，始足恭答曰："侬感且弗遑，乌得怒君。"遂拈二枝缀襟上，时吾夫入，见状，笑曰："美哉吾妻，今并娇滴滴越显红白矣！"

秋塘家客可十余人，以女宾为多。席间吾夫双眸了不他瞩，但注吾不瞬，似惊吾艳，吾几欲啐之曰：郎底事作尔许痴态，长日相处，尽汝饱看，岂犹不识阿侬耶？顾吾亦时以眼波微睐吾夫，觉其丰度仍不减当年，他人都不之及，良以今夕盛服，故尔尔也。餐后，秋塘诸妹竟操批亚那以悦客，冷冷然直如天半笙歌，令人听之意远。诸女歌竟，吾夫心旷神怡，意得甚，嘱秋塘操琴，命吾歌《My darling！ I love You！》之歌。是歌盖新婚弥月后吾夫所作，通体用英文，语语悉绳吾美，后尝译以示吾，其名曰《吾爱！吾爱汝！》。然止能歌之闺中，不足登大雅之堂，琴声起时，吾颊辅都绛，赧赧然不能出诸口。吾夫见状立悟，因命歌《海天风涛》之曲。吾乃引吭高歌，不复羞涩，抑扬疾徐，曲尽能事。歌已，掌声四起，秋塘则朗吟"此曲只应天上有，人间那得几回闻"句褒吾。吾大窘，立逃至吾夫侧，吾夫笑顾曰：

"吾妻胡犹娇羞如许，红云被两颊，如当年作新嫁娘时矣。"吾低晬之，面壁而坐，居顷，吾夫似罢，遂告归。归则共坐灯下，相对无言。吾出一小说周刊曰《礼拜六》者，选其一二篇朗声读之，冀以悦吾夫，而吾夫神志似不属，第以双眸注窗外娟娟明月，若思甚深者。嗟夫吾夫！汝果何所思耶？

秋塘偕其母返故乡苏州去矣，遂不复来吾家。光阴之逝，直如电掣星驰，转瞬已交冬令，玉胆瓶中，水仙亭亭四五枝，如瑶台仙子，铢衣叠雪，又若洛川神女，有罗袜凌风之致，吾二人均爱之。小园中寒梅破蕾，垂垂著花，淡妆美人，呈其素面，微飔乍动，则挟缕缕幽香，逗小窗而入，晨夕萧间，辄扶吾夫来窗前观梅，弥望如一片香雪海也。

吾夫素乐，迩来不省何因，居恒郁郁，双眸中时含愁意。一夕，皓月飞光，写梅影于窗上，梅受风摇曳，影亦微动，吾夫命以小椅坐其侧，相偎无语。吾夫目中似微含泪痕，下注吾面，一手则频抚吾发，予知其中心悲也，欲慰之，顾百思不得一的当之语。嗟夫吾夫！汝果何悲？

春光又至矣，寝室中之碧纱窗外，有树亭亭，叶已葱翠，四覆如盖，小鸟无数隐其中，上下啁啾，似相告语，谓春光至矣。一日有双燕比翼来檐下，衔泥营巢，顷刻而成，凡一星期许犹未去，出则同出，归亦同归，吾恒好临窗观之，觉其双宿双飞，正与吾夫妇同也。窗间亦间有麻雀飞集，三三五五，啾唧弗已，若相口角，吾乃恶之，斥为鸟中小人。每当春日，吾反觉弗怡，而吾夫亦有同情，盖值秋冬之际，然灯特早，夫妇围炉同坐，目注火中，熊熊然似含乐意，虽门外寒风雪霰，万物作黯淡可怜之色，而吾二人心中乃酝酿出一片春光，顿觉室中春气如酥，寒意尽祛。入夜，每与吾夫为种种之游戏，或操琴，或唱歌，或猜灯谜，或弄叶子，其乐万状，人望春光之长驻，而吾侪则愿春光之速去。天乎！汝能年年不畀吾以春光耶？

昨日秋塘有书予吾夫，略谓居故乡闷甚，行且买棹返申，重与良友把臂云云。吾夫扬声朗诵，诵已微喟，遽叩吾曰："纫芳吾爱，汝喜洪秋塘否？"语时，泪盈其眸。吾作色曰："郎胡出斯言？侬身属郎，侬心亦属之郎耳。"遂各把臂，默坐无语。

洪秋塘归矣。吾滋弗欲更见其人，因引避他适，往一女友家。归时，吾夫言秋塘来访，且垂询及吾，吾颔首无语。后此吾夫相爱益挚，几不听吾少离其侧，吾遂晨夕伴坐，每曼声低唱《吾爱！吾爱汝！》之歌以悦之，吾夫恒点首微笑，把吾手，以歌名还以称吾。日来阴雨，雨脚如绳，长日影影弗绝，雨声入耳，令人无欢。今日午后，吾夫背创作剧痛，不能起坐，吾抚之入睡，俾忘其所苦。时积雨初霁，小园如洗，日光弗耐久隐，力抉云罅而出，绿叶犹带雨珠，受日作光如钻石，杜鹃啼丛绿中，百啭未已。杜鹃乎！汝其勿声，吾宗郎方睡也！杜鹃吾友，曷止尔啼，侬且感汝！

越一时许，吾夫醒矣。强自起坐，坚执吾手，太息言曰："嗟夫吾妻！吾命殆在旦夕，行与汝长别矣！"吾急曰："郎安得遽死！奚事出此不祥之言，令侬心碎。"吾夫曰："吾背创甚剧，痛彻心脏，为日殆无多。惟吾死后，汝茕茕寡鹄，身将安托？秋塘至可恃，汝其委身事之，无事为吾守节，使君本无妇，罗敷亦无夫矣！"吾闻言泣下，伏床呜咽曰："郎殆不吾爱耶？奈何出是言，侬始终为陈家妇耳。"吾夫亦泫然曰："吾惟爱汝，故为汝计将来，纫芳吾爱！汝当知吾心也。"吾泣下曰："郎休矣！侬生为陈氏之人，死亦做陈氏之鬼。且上天相郎，安得死者？郎其少须，侬当往延医者。"遂揾泪出。甫出门，斗见秋塘来，伫立十武外，目中似有忧色，颤声言曰："纫芳，吾之安琪儿！吾此来与君别也，脱再居此者，寸心且为汝碎矣！行再相见，行再相见！"吾第颔之以首，初无一语，返身趋医者家。嗟夫宗郎！侬心终属之郎耳！

宗郎宗郎！汝闻侬声乎？侬归矣！新月娟娟，已破云幕而出，清光徐入碧纱之窗，照郎面上，郎趣醒，侬当为郎歌《吾爱！吾爱汝！》之歌，郎欲听之否？嘻！宗郎，汝何事佯作酣睡，故故不答？侬且呵汝痒。看汝……天乎天乎！吾宗郎死矣！

嗟夫！天长地久有时尽，此恨绵绵无绝期！

（原载《紫罗兰庵言情丛刊二集》，时还书局1939年版）

自　由

一抹粉霞色的朝阳，映在那大学休息室的玻璃窗中，扶着当窗一盆美人蕉的影儿，摇上那雪白的墙壁，这影儿微微晃动着，仿佛是一件活绣。那时中间一只长桌子旁边，却坐着一个眉目挺秀神采英爽的少年，手中执着一卷纸儿，呆着不动，两个眼儿，恰正注在那一墙美人蕉的影儿上，不知道在那里想些甚么。这当儿大学中已行过了毕业式，大家得了文凭，都兴兴头头回家去了，所以四下里都寂静无声，但有窗外园子里虫吟鸟叫的声音，随着薄飔，时时逗将进来。这位少年名儿唤作张俊才，也是毕业生中的一人，这回毕业大考，且还高高地中了第一。但他出身却是个孤儿院里的孤儿，老子娘一个都没有了，从小儿就在善堂中抚育起来。仗着生性聪明，读书又勤谨，二十年来年年长进，从孤儿院升到高等小学，从高等小学升到中学，从中学直升到大学。如今年纪不过二十二岁，却已从大学毕业咧。不过毕业之后，有一件事着实使他踌躇。因为他本来是个无家之人，二十年间，衣食住都由学堂供给，现在出了学堂，劈头就须打算这衣食住三事。只一时找不到事儿，可也没有法儿想。他也为了这一个难问题，因此光瞧着同学们都去了，自己还留连不去。

　　此时他呆坐在休息室中，正对着那张毕业文凭，筹措那投身社会的大计划呢。正想着，猛觉得后边有一双手儿，轻轻地来按在他肩上。回头一瞧，却见是总监督柯先生，当下即忙站起身来，恭恭敬敬地施了一礼。这柯先生平日很器重俊才，说是他平生第一个得意门生，此刻便捋着他一部漆黑的浓髯，含笑问道："俊才，你学生的生活，至此已经终结，以后回去做甚么事儿？"俊才答道："柯先生，学生的行止，刻还未定。加着学生又是从小没有家的，一出学堂，简直不知去处。幸而杭州有个亲戚在着，目前想先投到他那边去，找到了事儿，再作计较。西子湖的风光，梦想了十年，到此倒能一偿宿愿咧。"柯先生道："吾目前满拟介绍你一件事儿，不知道你可愿意不愿意？吾有一个好友，屏居西子湖畔，预备编一部中国的百科字典，特地写信来托吾给他介绍一个学贯中西的青年，做他的助手。吾想你倘能前去，再合宜没有的了。"俊才道："敢问先生的贵友姓甚名谁，像学生这么一个后生小子，怕不当他的意？"柯先生道："他姓林，名唤伯琴，别号叫作湖隐居士。谅你多分已听得过这个名儿，他家世甚是富有，学问也卓绝一时，接物待人都温柔敦厚。前年续娶了个新夫人，便一块儿结庐孤山之下，过他们幽闲的岁月，湖山清福，委实被他们两人占尽咧。"俊才听了这话，脸儿上还现着些迟疑不决的样子。柯先生又掬着笑容，蔼然说道："俊才，这事为甚么委决不下，横竖你正要到杭州去呢。与其依你的亲戚，何不去助吾那个朋友，他住着一所精舍，恰好给你避暑，况且那薪水也一定不薄的。将来那部百科字典告成之后，吾便拓着一个教席，等你回来咧。俊才，你可去么？你可去么？"俊才微笑道："学生哪里有甚么迟疑，去便去咧。"柯先生听说俊才已答应他去，甚是得意，握着俊才的手儿，说道："你去时，吾那朋友定然欢迎你的，吾瞧你明天就动身吧。"俊才忙答应了一声，柯先生便含笑而去，俊才依旧一个人坐在那里，沉沉地想着，心想二十年来，没有出上海一步，现在却要和他小别咧。一时过去的事儿，也都潮上心来，想起儿时的哀史，想起孤儿院中的生活，接着又想起高等小学和中学里头的许多好友。当时风雨一堂，天天聚首，现在却风流云散，相见难期。他一想起了中学，便把一段历历伤心的影事，也勾引了起来。当下便有一个女郎的情影，从脑海中反照到眼帘，玉婷婷地现在他面前。真个巧靥笼烟，琼肌映月，活像是一枝南非洲蛮荒绝艳的馥丽蕤花。俊才兀把两眼停注着这影儿，觉得她似乎已栩栩地变作了个活美人的一般。这女郎芳名叫作沈淑兰，便是他中学堂里一个同学沈静波的令妹，末后静波往德国留学去了，这一位淑兰女士也芳躅沉沉，不知道住甚么所在。去年曾听得人家说起已嫁了个文学家，只是没有确实的消息。然而俊才听了，也着实郁郁不乐了好几天，因为他那勤劬好学的心儿里，早分了一半儿的地位，密密地藏着这位人天绝艳的美人儿。加着这美人儿不但是玉貌娇好罢咧，才调也很不凡，那时俊才时时被静波拉着到他家里去，所以也得时时和淑兰相见。俊才原是个绝顶聪明的人，见了这么一个十全十美的女郎，哪有心儿不动的道理。就是淑兰方面，不时听得他阿兄道着俊才的长处，那一寸芳心中也未必不印着张俊才三字。彼此常川相见，足足有一年光景，静波忽地自费到德国留学去，他老子娘便也携着淑兰离上海去了。淑兰原很恋恋地舍不下上海，起初哪里肯去，叵耐拗不过她老子娘那种专制的性儿，只得含着两眶子的眼泪，跟着他们走咧。从此以后，俊才就不知道淑兰的消息，也不得淑兰半个字儿。悠悠地又过了一年，料想淑兰已不把自己放在心上了，但是他耿耿寸心，却永远系在淑兰身上，再也忘却不得。一方面专心向学，分外的勤恳，心想吾倘读成了书，立下了名，淑兰知道了，也一定快乐。因此上他总把淑兰勉励自己，发奋读书，果然不上三年，已从大学中第一名毕业了。刚才他已依了柯先生的劝告，明天便须往杭州去，眼前但有一天还能在这黄歇浦畔温靡之地小作勾留，一到明天朝暾上时，就要和这二十年的老友诀别咧。于是那前尘影事，也不知不觉地兜上心来，只回头追溯，偏多悲痛感慨的材料，咀嚼了好一会，便叹了口气儿，站将起来，自到宿舍里收拾行装去了。

第二天早上，他便挟着柯先生的介绍书，动身往杭州去。一路在火车上，不知道为了甚么，那颗心儿，兀像小鹿儿似的在里头乱撞，好似前途伏着甚么危机的一般。到了杭州，他就雇了个向导，坐了船，照着柯先生信上的地址赶去。居然不甚费力，早找到了那湖隐居士林伯琴的别墅了。俊才远远望去，只见一大丛老绿成帷的松林中，露出一角两角的蛎粉墙来。那个向导的指点着道："那边松林中的一所洋房，即是林家咧。"俊才答应着，心中甚是快乐。等到船儿傍岸，便付了船家，打发了那向导的。很兴头地跳上岸去，走不上三四百步，已见那所洋房高高地矗立眼前。当下便三脚两步上去叩门，不一会早有个下人应声而出，俊才连忙把介绍书和名片掏出来，交给了他。那下人导着他入到一间精美雅洁的会客室里头，返身自去。去了约摸三分钟光景，猛听得外边起了一派小蛮靴着地之声，又隐隐带着罗裙淬缥的声音。俊才听了，正诧异着，却有一阵玫瑰花香，拥着个淡妆雅素的绝色美人，盈盈地微步而入。俊才抬头一瞧，几乎要脱口惊呼起来。那美人儿却掬着笑容，从檀口中低低地进出两句话儿来道："好久不见了，你一向可好？"俊才怔了好久，说不出甚么话来，只颤着嘴唇说道："淑兰！林夫人，多谢你。"淑兰花靥上起了两朵红云，仍笑着道："俊才君，这一会会得突兀，无怪你诧异咧。况且吾的事儿，当时也没有告知你。"说时那两朵红云，益发加深了些，便低头不语了一会。俊才定了定神，开口问道："林先生可在哪里，吾急着要一见呢。"淑兰道："他刚才到一处诗社里去的，不久就回来咧。咦，这一回相见，可不是很奇怪么？"俊才一声儿不响，只向淑兰瞧着。见她那副琼花璧月的玉貌，并没大变，不过当时还好似玫瑰含葩，此刻已蒂开瓣放，正到了一生最美满的时代。那发儿咧，脸儿咧，都和从前一模一样，只那眼波眉黛之间，却似乎缩着一丝愁云。俊才瞧着她，不觉把过去的陈陈影事，又一古脑儿幻摄了起来，一时荡气回肠，不知道怎么才好。就那淑兰也似乎起了一般的感觉，大有低徊欲绝的样子。彼此又不言语了好久，只各自痴痴地望着那窗外一片湖光出神。末后还是淑兰先回过脸儿来，搭讪着说道："你已从大学中毕业了，那是很可贺的事。便是你这回光降寒舍，吾们也竭诚欢迎呢。你一路赶来，总很劳顿了，可要休息一会子么？"俊才道："多谢，吾倒不甚乏力。"淑兰道："如此吾们到后边去瞧瞧风景如何，谅他已在路上回来咧。"俊才答应了一声"很好"，淑兰便导着他经过了一所厅事几间静室，直到后边的花园里头。这当儿正在斜阳欲下未下的时候，湖面上艳生生的，荡漾着一大片玫瑰色的光儿，就这一所别墅，也好似笼在玫瑰色的光中，变作了天上仙乡咧。两人慢慢地踱到园子尽处，并肩立在那斜阳影里，彼此自管把眼儿注在湖上，不言不动。两颗心儿，也正像那水中斜阳，兀在那里荡漾呢。这样过了一刻钟光景，俊才才像好梦初醒似的，回过眼来瞧淑兰。此时淑兰也恰好回过眼来瞧俊才，两双眼儿，不期然而然地碰了个正着。淑兰脸儿歘的一红，似笑非笑地低下绿云鬟去，俊才连忙把眼儿避了开去，依旧回到

　　　　　喜相逢

那湖面上。心中一壁自语道："吾为甚么好端端赶到这里来，吾可不能勾留在这里，寸寸捣碎吾的心儿呢。吾该立刻去才是，吾该立刻去才是。"然而他自己虽是这么说，无奈那万恶的造化小儿，却在冥冥中袅了万丈柔丝，把他牢牢缚住。就是在下做书的笔尖儿，也正勾着他不放他去，可是他一去，吾下文就没有半个字儿，怕要变作一块没字碑咧。

闲话休絮，且说俊才正在自怨自艾，猛听得近边来了一阵脚步之声，知道有人来了，便立刻回过头去，却一眼望见一个雍容闲雅四十岁左右的绅士，从一条小径中披花拂柳而来。俊才正要开口请淑兰介绍，早见那绅士已满面春风地迎将过来，很亲热地和俊才握了握手，便带笑说道："足下可就是张俊才先生么？久仰久仰，在下往时曾屡次听得老友柯君道起足下，说是少年英俊，委实是社会上不可多得的人物。如今一见了足下，便觉吾老友的话儿，着实不错呢。"俊才初出学堂，还没有练过交际之道，听了那一派恭维的话头，顿觉局促不安起来。好容易敷衍了过去，又说了许多景仰的话。当下里淑兰也把当年在上海和俊才相识的事，直直截截和她丈夫说了，她丈夫益发兴头，搓着手儿不住地笑。这夜特地开了个盛宴，请俊才饱餐了一顿。一连三天，又领着他出去闲逛，把西湖逛了个畅快。俊才见那伯琴如此优待，甚是感激，第四天上，便在书房中助着伯琴，开场编那百科字典了。

悠悠忽忽地过了一个月，宾主却也十分相得。俊才和淑兰却时时做避面尹邢，不大相见。有时俊才远远地瞧见了淑兰，就立刻避了开去。淑兰偶然见了俊才，也总躲避不迭。然而两下里相避的当儿，总长叹一声，这一声长叹，打入两人心坎，直把满肚子无可奈何的苦衷，一起托了出来。有时当着伯琴，彼此方才相见，但那一言一语，倒像是新相知的一般。这样又过了一个多月，中秋到了。这中秋之夜，西湖上自然比平日间益发可爱，一湖明波，映着半天明月，波光月光，融合在一起，简直是个销魂境界。这夜伯琴可巧有些不舒服，不能出去游湖，便向他夫人和俊才说道："如此良宵，一年不过一回，你们俩何不坐了吾那汽船，一块儿到湖上去游一趟，没的轻轻辜负了这良宵啊。"他夫人笑道："倘若俊才君有兴去游湖时，吾自然奉伴呢。"俊才听说淑兰愿意伴着他去游湖，自己哪有不愿意的，即忙欢然答应了。伯琴吩咐下人去预备了汽船，两人便一同出发。那船儿划着碧波，慢慢驶去。两人指点夜景，随意闲谈，过去的事却绝口不提。偶然提起了一句两句，便立刻把旁的话岔了开去。畅游了一会，转舵回来，上岸后，却又在岸边立了一立，各自有些舍不得那船儿的意思。那时两口儿肩并肩地立着，月光无赖，照着他们的影儿，倒在那潋滟碧波之中。两个头儿，恰也并在一起。俊才见了，微微地叹了口气，却故意指着远处，颤声向淑兰道："今夜的湖光月色，好不可爱煞人，吾直好似在梦中呢。"淑兰也微喟了一声，放低了珠喉说道："真好似在梦中呢，只不知道如此良宵，吾们可有几回消受啊。"说时那一缕似兰似麝的口脂香，被风儿挟着过来，宛宛地送入俊才鼻子。接着那一双似月似水的明眸，也微微向俊才斜睇了一眼。俊才到此，心儿忽然勃勃地大动起来，又颤着声说道："吾们握手重逢以来，一转眼已两个多月了。吾受了你这秋波一睇，顿时记起那去如云烟的前尘影事来咧。唉，淑兰呀淑兰。"淑兰听了这话儿，玫瑰双涡，便立时泛作了白，喘着说道："过去的事儿，还记起它则甚？"

俊才道："吾怎能不记起它，怕吾骨化为尘，也不能忘怀的咧。淑兰，你须得知道吾的心儿。"淑兰只是太息着，一声儿也不言语，半晌却像鬼影般向绿荫中溜了进去，但有那太息之声，还在俊才耳边荡漾了不住。俊才独立明月之下，心儿和魂儿，似乎已在那里交战起来。痴立了好久，方始掩着脸儿回到屋中去了。以后一连十多天，两口儿相避不见，有时俊才趑过淑兰的绣阁，总听得一派宛转低吟之声。那声音中似乎含着无限的悲端愁绪，使人不忍卒听。就她一切举动，也和往时有异，有几天俊才大清早起身，在窗中已望见淑兰一个人立在后园尽处，望着湖水一动都不动。更深夜半，大家都睡了，俊才有时不能入睡，起来吸些夜气，也总见淑兰绣阁的窗中灯火通明，似乎有通宵不寐的样子。俊才明知她端的为了自己，只也没法儿去安慰她。一天到晚，但在书房中助着伯琴编辑，专心致志，分外勤劳。打算赶快把这百科字典编成了，就回他的上海去，免得逗留在这里，时时勾起淑兰的伤心。可是此心既爱着淑兰，自该使淑兰安乐呢。俊才既打定了主意，便日夜地忙着笔墨，伯琴虽劝他休息，他也兀是不听。只为用心过度，临了儿竟生起病来，一病十天，方始痊可。病中却见淑兰常到病榻前来探望，问燠嘘寒，十分体贴。那几年来深种着的一点情根上，便又加上了十二分的感激之心。然而瞧那淑兰时，玉容已很憔悴，一头鸦羽似的云发中似乎也缀了几缕银丝，足见那芳心之中已不知道经了多少的折叠咧。

一天早上，俊才积病乍愈，恰从床上起来，预备到窗前去吸些清新空气。猛可里却听得一片呼声，仿佛是喊着救命。俊才甚是诧异，开了窗探头出去瞧时，却见那老园丁正在那里力竭声嘶地嚷着，当下就开口问道："老儿，你嚷些甚么？"那老园丁忒楞楞地说道："张先生，快快下来，快下来，夫人投河死咧，快些儿救她才是。"俊才一听得"夫人"两字，分外刺耳，心中也大吃一惊，险些儿从窗口中栽将下去。一时也不管三七二十一，发了疯似的飞奔下楼，赶到后园岸边。他从前在大学中原曾学过游泳的，便立刻耸身跳入水中，觑正了一处起着泡沫的所在，拍着水儿游去。不多一会，果然已抱住了个又温又软的玉体，即忙游回岸来。这时伯琴和下人们都已聚在岸边，一见俊才抱了淑兰出水，大家都同声欢呼起来。刚在上岸的当儿，淑兰已苏醒了，忽地张开了那星眸，瞧了俊才一眼，两行清泪便也潸然而下。接着悄悄地说道："你也须知道吾的心儿。"说完，又晕了过去。俊才忙把她放在地上，去和伯琴接手。那伯琴似乎已听得了他夫人那句刺心的话儿，双眉微微地蹙了一蹙，搭讪着向俊才道了谢，忙唤下人们请医生去。过后那老园丁便把他刚才所见说将出来，说他刚刚披衣起身，到园子里来瞧一丛昨天新种的花儿，却一眼望见夫人呆呆地立在岸边。正要前去请个早安，却见夫人陡地耸身一跳，跳下水去。这一惊非同小可，连忙喊起救命来，亏得张先生在楼窗中听得了，立时下来搭救。阿弥陀佛，夫人一定有命咧。伯琴听了，皱眉不语，只唤下人们舁着夫人，回到屋中去。一会医生到来，察验了一下子，说是不打紧的，只消静养几天，身体也就复原了。谁知以后好几天，夫人却又生起热病来，镇日价昏昏沉沉，再也没有清醒的时候。俊才急得甚么似的，饮食都减，动笔也没有心绪。又为了那天救起淑兰来时，淑兰说了那句"你也该知道吾的心儿"的话，恰被伯琴听得，所以力避嫌疑，不敢到她绣阁中去探望，只从下

喜相逢

人们口中探些消息。有时也向伯琴动问，但那伯琴一双眼儿总紧注在他眼中，使他很觉搁不住，恨不得立刻钻到地下去呢。然而伯琴待他，仍像初来时一般亲热。那种诚恳之情，也并不冷淡一些。就对于夫人，也加上了一百倍的爱情，一天到晚，时时守在病榻旁边。比了病院里头的看护妇，更见得温存熨帖。然而夫人的病势，却一天重似一天，昏迷中往往喊着俊才的名儿，更断断续续说着他们往时的情愫，怎样的高尚，怎样的纯洁。伯琴听了，禁不住低头慨叹。夫人醒时，便瞧着伯琴，不住地下泪。见他老守在旁边，很过不去似的，总苦苦劝他去休息。有时含悲说道："郎君，吾已不中用的了，你该保重玉体，为国自爱，一片深恩，只能等来世报答你罢。"伯琴说不出旁的话儿，只竭力地安慰她，并且提起俊才，使她快乐。然而夫人一听得俊才两字，又兀是掉头太息，心中既多抑郁，那病势自然也不肯减轻下来。伯琴眼瞧着这一枝好花，憔悴得不成样儿，一壁着急，一壁伤心。见杭州没有甚么名医，就差人挟了重金，特地到上海去聘请。一共聘了三个西医，尽心施治，不到一礼拜，病势已减了许多，一个月后早渐渐复原了。

不过伯琴和俊才两个，却已瘦了一壳，脸肉削去了一半，两个眸子，也深深地陷了进去。两下里对坐在书房中编着字典，瞧去活像两个鬼影，多分是甚么古时的文学家，在泉壤下把臂论文呢。这样又过了两个月光景，这部百科字典已成了一大半。俊才天天急着要回去，伯琴却一百个不放，越发推心置腹地优待他，直把他当作自己的骨肉一般。俊才没奈何，也只得勉强留下，但是见了淑兰，总急着回避，心目中只把大义两字，提醒自己。有时伯琴在着，彼此倒也不能回避，惟有装着假笑，假意周旋。伯琴瞧了他们那种情景，背地里往往扼腕，又太息着说道："唉，可怜这一对有情儿女，可怜这一对有情儿女。"接着自己便赶到后园中一处静僻的所在，掩面泣下咧。

一夜正是十二月的某夜，西湖上的雪景，十分清俊，真个好似银装玉琢的样儿。伯琴推窗赏雪，忽地动了游湖之兴，吩咐下人预备了汽船，带了些酒菜，携着他夫人和俊才，一块儿游湖去。那船儿被四下里的白雪映着，照得三人的面目都奕奕如画。伯琴狂饮大嚼，煞是兴头。那时便说了无数哲学家的名言，大有出世之想。

44

游罢回来，似乎已有了些儿醉意。三人舍舟上岸，一块儿上楼去。伯琴唤俊才和他夫人在前边走着，自己却踅在后边。不道刚走楼梯的顶上，俊才猛听得天崩地塌似的一响，回头瞧时，止不住和淑兰同声惊呼起来。原来见那伯琴已栽了下去，直僵僵地躺在楼梯脚下。两人急忙赶到下边，跪在伯琴的身旁，只见他面色如土，满笼着一派死气。摸他心口，跳动已渐渐微了。两人瞧着，竟呜呜咽咽地哭了起来。到此伯琴忽地笑了一笑，向俊才道："吾的小友，你助吾编着那部百科字典，足足已有半年了。大功告成，就在目前，吾很感激你。只吾此刻去死已近，不能瞧它出版，但求你替吾独力编成，付印行世。将来倘能在你大名之下，附着吾的贱名，吾已非常满足咧。至于吾这可怜的淑兰，还求你替吾好生保护，此刻吾就交给你，做吾们一个最大的纪念品。像你这么一个有才有貌的少年，自该配这么一个有才有貌的佳人。吾死后，但求你们结一对美满的鸳鸯，一辈子享那人世间无穷的幸福。如此吾在九泉之下，也须蹲蹲起舞咧。"说到这里，呼吸已加急了许多，闭着眼儿休息了一会，便颤颤地伸出两只手来，把了俊才和淑兰的手，又道："如今吾该求你们俩见恕，可是吾不该梗在你们中间，使你们暗中生受了那千万种无可告语的痛苦。想吾一死之后，或能打消吾一二重的罪恶。俊才，只你也该谅吾，因为当初吾和淑兰结婚的时候，委实并不知道你们早已心心相印呢。淑兰，你也该谅吾，当初吾们结婚的时候，都是令尊令堂从中做主，吾可并没有劫制你啊。唉，好了好了，死神已在吾头上了。这世界原是无谓的世界，此刻吾可要和他告别了，愿你们快乐，愿你们忘了吾林伯琴，愿你们……"说时声音低了，再也接不下去，两眼却明光灿灿地注在俊才和淑兰面上，那灰白的嘴唇旁边，还微微带些儿笑容。这当儿那些下人们都已赶来，俊才只打发了他们分头请医生去，自己依旧跪在伯琴身旁，哭着瞧着。那淑兰早哭倒在伯琴身上，变作了个泪人儿。这样过了五分钟，就有一个西医匆匆赶来，听了伯琴的心口，立刻说没用了，就匆匆而去。伯琴这时忽地逗着他最后的一丝气息，长笑了一声，便挣扎着把手指上一个金指环脱了下来，巍颤颤地授给淑兰，微声说道："亲爱的淑——淑兰吾还——还你的自由。"说完眼儿向上一翻，气儿已绝了。俊才和淑兰一同哭倒在地，再也仰不起来。这当儿忽有一丸冷月，从厚厚的云幕中涌现出来，照在他们三人身上。只那明光的四边，却带着一丝丝的黑晕，似乎在那里凭吊林伯琴一般。

　　林伯琴死后三个月，那部大杰作百科字典已经出版，风行全国，口碑载道。那书上却单署着林伯琴的名儿，那西湖边林伯琴的别墅和旁的产业，都已捐给各处善堂，充作善举。上海的一所天主堂中，却多了个笃志的教士，和一个高尚贞洁的女教士。整日价除了祈祷天主外，再没有旁的事。两人身上，不久就穿了法服，佩上了银十字架。全堂的教士们，没一个不称道他们。每逢礼拜日，两人总一同到杭州去，买了无数的香花，堆在一个大理石的坟上。他们便也跽着祈祷，两三点钟后方始起身，太息而去。那天斜阳影中，人家往往见有两个黑衣人并肩向火车站踅去，寂寂寞寞的好似两个鬼影呢。

（原载《南社小说集》，文明书局 1917 年 4 月初版）

之子于归

    那团花簇锦的大厅上密密地张挂着许多缎幛绸幛，一色都是猩红，好像涂着血的一般。幛上除了一个挺大的"喜"字外，大半是"之子于归"字样。这四个金字默默地向人，被阳光照着，一晃一晃地放出光来。也不知道它是得意是不得意，大概是无聊罢了。

    汤撷君的女儿咏絮今天出阁了，但是并不出于咏絮的自愿；因为从小儿就由她父亲做主，许配了人家，夫家姓应，是一个商人之家。在丝业中挣下了几个钱，蚕儿辛苦吐丝，作茧自缚，倒助人发财，于它们自己毫没利益，然而蚕的自身又哪里知道？应家所生一子名叫铁荃，生得倒还活泼。只为是富家子，读书就不大用功。这大概是世界的通例，书卷和金钱实是天然的避面尹邢，断不能容在一起，也不但是应铁荃一人如此呢。汤家本来也是世家，书香门第，可又和应家不同。那位撷君先生在社会中很有些声誉，对于公益事业都肯尽力去办。不过多读了旧书中毒太深，思想未免旧些，性质也固执，他打定了主意，可就不许人家违拗了。单生一个女儿，就是咏絮。从小冰雪聪明，和寻常女孩子不同。貌既出落得花娇玉艳，凡是小说书中形容美人儿的名词，她都当之无愧，论到一个才字，更像一部百科全书，包括着好多门类："琴""棋""书""算"色色精明；说起女红，更样样来得，从帽子做起，做到袜子，又绣得一手好花。并千句为一句，她就合着龚定公"艺是针神貌洛神"七个字儿。汤、应两家相去很近，早年上就往来走动，像亲戚一样。咏絮还不上十岁，常到他家去玩，梳着一个丫角儿，配上两张鲜艳的苹果颊，何等的娇小可爱。可怜她只为了出落得太好，就把她一生的厄运暗中注定了。应家见了这么一个小姑娘，自然合意，就要求汤家配给他家的儿子。撷君先生见应家门第不恶，孩子虽小也还过得去，竟不给女儿将来打算一下，轻描淡写地答应下来，不上几时就送茶文定了。咏絮不懂得害羞不害羞，还对着喜果憨笑，取了红绿胡桃红绿花生玩着，却料不到自己一辈子的幸福已断送在这上边，永没有恢复的日子咧。

　　咏絮一年年长大起来，才貌也一年胜似一年，仿佛和光阴先生在那里赛跑，光阴先生赶前一步，伊的才貌也赶前一步，不但如此，并且还追过头咧。那应铁荃却偏偏做了个反比例。虽也上学读书，从初等小学起达到中学。但他只眼瞧着光阴先生在那里飞跑，自己的进步却好像蜗牛走壁一般。学堂中成绩不好，校长写信报告他家里，他父亲却还偏袒自己儿子，特地上学堂去，见校长说，师长们本领小，不能教育他的儿子。没有毕业就在中途退学了。以后连换了好多学堂，仍是没有进步。譬如一块不大不小的木料，既不能做栋梁，又不能雕细工，恰合着一个僵字。那时他已二十岁，心也放了，渐渐儿有不正当的行为。听说在窑子里狂嫖滥赌，亏空了二三千块钱，一时下不得台。他父亲怒极，给他还清了钱，就狠狠地打了他一顿，关闭在家里，不许出大门一步。铁荃神经上多分受了震动，从此便有些呆头呆脑的样子。那边汤咏絮也十八岁了，已从女中学堂毕业出来，中西文都是一等一的，加着那一张宜喜宜嗔的春风面，在全堂中要算是第一个才貌双全的人物。伊听得了应铁荃的消息，芳心中自然一百二十个不愿意，常在伊母亲跟前表示意思，说愿意不嫁，索性用功读书，将来也能自立。然而伊的父亲却不答应，说伊已配给了应家，就是应家的人，不能再有甚么反悔。"为了保全我名誉和体面起见，定须嫁过去。"伊母亲不敢说甚么话。伊也向来怕伊父亲，不敢说甚么话，于是腔子里贮满了辛酸眼泪，委屈出嫁。决意为了保全伊父亲的名誉和体面起见，牺牲伊后来的幸福了。

今天就是汤咏絮出嫁的日子，汤家是个世家，自然加意铺张，里外都花花绿绿，扎满了灯彩，一班清音和军乐队也吹吹打打，分外地热闹。但这杂乱的乐声由咏絮听去，都是很凄凉的音调，仿佛奏着送葬曲似的。伊又想军乐本是战场上作战时用的，今天为甚么也用它嘎？从今天起我便须和那不幸的运命作战，也正和敌军死战一样，只怕我此去不久阵亡咧。咏絮想到这里，暗暗慨叹，就着窗罅儿张望时，见那花花绿绿的灯彩都现着伤心之色，一些儿没有快乐的气象，那些亲戚朋友却还一声声向伊道喜，一般年纪老些的太太们都还说着咏姑娘好福气，咏姑娘好福气！咏絮兀是诧异着，想怎么叫作福气，福气又是甚么东西，如何我不觉得人家倒觉得呢？

咏絮心中既老大地不高兴，又听了那种不入耳的话，好生难受。想人家说我好福气，也无非是为的虚荣，羡慕我嫁一个富家儿罢了。其实我家也有饭吃，也有衣穿，也有屋子住，就是我自问也有自立的能力，为甚么定要去依赖人家？至于珠翠钻石，任是堆得山一般高，我可也不希罕。难道为了这些劳什子的就卖掉我的一身么？我宁可一辈子不嫁，就是嫁时也得嫁一个称心如意的丈夫，任他一个钱没有，同去过牛衣对泣的光阴，我也愿意呢！如今委屈着出嫁，完全没了自由，往后的日子只索在涕泪中过去。唉！我还能算得是个人么？想到这里，泪珠儿扑簌簌地掉下来，把伊身上穿着的一件粉红绣花袄子湿透了一大块。这一副眼泪开了场，直好似自来水旋开机括，再也按捺不住，心中兀是酸，眼泪兀是滚，索性扑倒在桌子上，呜咽了好久，连湿几块帕子，好像从水中捞起来的一般。亏伊母亲和几个知己的同学姊妹们好言相劝，才把伊劝住了。

日中时候，客人们来得更多了，清音军乐，闹得更厉害，道喜的话，时时刺入咏絮的耳朵，倒像带着讥笑的口气。咏絮经了这么一闹，头脑直痛得要破裂开来。想前思后，觉得自己并没犯过甚么罪恶，为甚么要受这刑罚？又想父母既生了我，平日间似乎很疼我的，为甚么抚育到了二十岁就要撵我出去，可是吝惜着衣食住，不愿再供给我么？如此尽听我自己设法去，为甚么定要把我半送半卖地让给人家啊？咏絮翻来覆去把这几件事问着自己，总也回答不出来。于是伊又向自己说道："我平时自负不是寻常的女孩子，我的好友也说我不是寻常的女孩子，如此我为甚么像寻常女孩子一样，做这可笑的把戏，我难道没有自主力么？我难道没有自由权么？父亲的名誉和体面要紧，我一辈子的幸福倒不要紧么？"

咏絮又把这几件事翻来覆去地问着自己，也仍找不到一句回话。

门外军乐一阵子响，又加上一阵子金锣的声音，直送到咏絮耳中，像快刀般戳在心上，何等的难受。楼上许多女客们都很兴奋似的说道："花轿来了，花轿来了！"咏絮心中焦急，哭得更苦，一时不知道怎样才好，只牙痒痒地恨着造物之主，为甚么使伊踏进这个世界，给伊心脑和知觉，挨受这种种说不出的苦痛。一会神经好似麻木了，任着喜娘们给伊打扮换衣服，伊都没有觉得。又不知怎么一来，已到了楼下的厅事中。微微地抬眼望时，但见四面挂满着"之子于归"的缎幛，芳心中瑟地一动，向着自己道："归……归、归到哪里去，可是归到泉下去么？如此再好没有，一归之后宁可投生做一头牛做一头马去，决不再到这世界中来做女子了。"接着又吹吹打打地闹了一阵，自己被喜娘们摆布着，不知道做了些甚么事。亲戚朋友和四邻的男女小孩子们都挤满了一堂，瞧着自己像罪人枪毙，或是上断头台去。原也有好多人挤着瞧热闹的，他们好忍心，还瞧了快乐么？不多一会，觉得自己已关闭在一个小小地方了，虚悬着

喜相逢

在那里走，好像腾云驾雾一样。前后的军乐声，金锣声又闹得沸反盈天。伊停了停神，张眼瞧时，原来已坐在花轿里面，一步步地离开家门了。咏絮心中痛极，倒反而没有眼泪，隐约听得轿外有人议论着。听去是东邻一个李老太太，伊说汤家小姐今天嫁好丈夫去，满怀的快乐，所以连这俗例的哭也哭不出来了。咏絮受了这一激，心头又是一痛，倒止不住落了两滴眼泪，一路咀嚼着那"嫁好丈夫去满怀快乐"的一句话，胸中好像打翻了个五味瓶儿，尝那甜酸苦辣的滋味，样样都觉消受不下。

军乐洋洋中，那花轿已去远了。咏絮坐在轿中一路前去，倒没有甚么思想，只是研究着这顶花轿，想它虽是披着绸缎，扎着花朵，其实一样是长方形的，和棺儿有甚么不同？不过一个直抬一个横扛罢了。要是半路上遇见甚么仙人，使一使法术，把这花轿变作了棺儿，如此舁着我一个死人送到他们应家去，倒是一件绝好的牺牲物，好叫天下做父母的看看，既然爱着女儿，可不要趁着女儿未解人事的时候，先就胡乱定下了买主；也不要单顾着空的名誉和体面，就不顾女儿实在的幸福。况且赶早觉悟，矫正那已铸下的大错，可也算不得不名誉

之子于归

不体面啊！

　　不幸人的好希望，断不能达到的，惟有失意的事，往往抢着送将上来。咏絮所希望的仙人没有遇到，却已到了应家咧。近三年来，应家早已迁开，和咏絮家相离约摸十里光景，路上费了好些时候，方始赶到。咏絮坐在轿中，闷得甚么似的，伊几乎要发疯，从里边跳将出来，找上天拼命，问他要自由去。然而伊一向是个很拘谨的人，哪里敢轻举妄动，无论气闷苦痛，只索忍耐下去。到了应家，轿儿停将下来，咏絮猛觉得身体向下一沉，似乎已陷到了十八层地狱的底里去，跳不起来。当下里神经已完全麻木了，竟不知道以下怎么样，简直是做着傀儡戏，自己成了个木人头儿，任人牵扯着。到得伊头脑清醒时，已是结婚后的第二天了。

　　咏絮本来是个很乐观的女子，到此却变作了个悲观的哲学家了。甚么事都看了个透，打了个破，把自己当做是旁的人，只是冷眼瞧着。新婚十日，觉得伊丈夫常在左右，做出种种的丑态，把伊玩弄。咏絮到此才明白父母生了自己一个身子，原来是造一件大玩具，专供人家弄着玩的，自问哪里是甚么不同寻常的女子，不过是一件玩具罢了。从此三年、五年、十年、二十年，永远是做人玩具的时代。

　　堂上的翁姑得了这么一个十全十美的媳妇，自然张开了嘴儿笑，但那多情的爱神，因为没了用武之地，就抛开他的短弓金箭，抱着一颗碎心呜呜地哭。像这种专制派买卖式的婚姻，倘能担保人家快乐，维持人家一辈子的幸福，也未始不好；叵耐像买彩票一般，命运好，才能得头彩。三四万号中单有一号，岂是容易得的？汤咏絮是甚么人，能指望得头彩么？伊丈夫把伊玩弄了几个月，似乎已厌了，常像没笼头的马在外边乱跑，把伊抛撇在脑后。在家里时，又时时露出神经病的形迹来，说话行动都很乖僻，和常人不同。咏絮本来爱好天然，从头到脚总是齐齐整整的。伊丈夫恰恰相反，对于修饰上完全不讲。鞋破了，袜子破了，不知道换一双新的，脖子里积了垢，也不知洗浴。咏絮瞧在眼中，自然难堪，要伊事事过问，可又管不了许多。他不做事，不读书，只是把日子混将过去。咏絮瞧不过，便时常回母家去住，动不动总是十天二十天。伊见了父母，往往掉下泪珠儿来。母亲最知道女儿的，自然好好儿安慰伊，伊父亲是个固执的人，他可不管。问伊衣、食、住三件件件称心么？她噙着泪回说件件称心。他父亲便道："好了，衣、食、住三件大事已件件称心，你还想甚么？"咏絮不敢多说甚么，把眼泪咽了下去。停一天，也就回夫家去了。然而伊总觉人生的需要，不止衣、食、住三件事，还有一件更重要的东西，有了这东西，即使衣、食、住欠缺一些，倒也不妨。然而伊旁的不缺，偏偏缺了这个，这东西是甚么？便是夫妇间的真爱情。

一连三年，咏絮只是落落寞寞地过着日子，同学、姊妹们也不大往来，因为一不高兴，就甚么都不高兴了。伊读书时代所抱的大志，都已烟消火灭，不再想起；也不想再把伊的芳名传布到社会上去，打算永远在愁城恨海中埋没下去了。夫妇间既没了爱情，甚么事也就没有商量。伊丈夫有了一个很好的内助放在家里，并不知道宝贵，只是在外边胡闹。一年上不知怎的，竟犯了欺诈取财的罪案，捉将官里去。新闻纸上连篇累牍地记着，把他的姓名也大书特书地记了出来。凡是认识伊的人，都知道伊丈夫犯了事了。伊的好友们都替伊惋惜，想象伊那么一个天上安琪儿，如何有这样一个丈夫，他虽不惜自己，也得替伊想想呢！有一般人都说这种事要是发生在外国，早就提出离婚，然而中国的女子是派定了挨苦痛的。第一件义务，要给伊父亲保全名誉和体面，任是怎样总默默地忍受过去。然而伊冰清玉洁的姓名上边可也连带着沾上污点咧！咏絮遇了这一回事，不消说芳心寸碎，镇日价关闭在房中，不住地落泪。伊本是个很高傲的女子，好像天上凤凰，飞向最高处去，经了这打击，直把伊的翅膀打折了。

世界中有了钱可就甚么都不怕。伊丈夫仗着父亲手头有钱，便把罪案打消，把自由赎回来了。回来后很觉无聊，又见不得人，悄悄地到远方做买卖去。临去也不曾和咏絮相见，一溜烟地走了。撷君先生到此也悔悟，只已来不及。咏絮甚么都不管，抱了个做一天和尚撞一天钟的宗旨，在混沌中度日。伊已打定主意，总算牺牲了自己的肉体，对不住了上天，然而伊高洁的心和灵魂总没有断送，着在一个极高洁的所在。伊没事时，只学弄音乐，借着消遣，把乐声压下伊心中呼痛之声，把乐谱遮住伊眼中辛酸的泪痕。那千叠山的愁思恨绪，倒也撤去了一二。平日间同着家人们打牌、看戏、逛游戏场，装得像一个快乐的人一样。不过在那种热闹去处，见人家夫妇并肩携手，同去同来，总觉得有些心痛。

金刚钻的光任是怎样明亮，可不能把一颗暗淡沉郁的心照得明亮起来；咏絮虽有金刚钻的种种首饰，做着富人家的媳妇，然而伊总是一百个不快。一年三百六十五天，不时有病，身体越淘得虚弱，那张花朵儿似的面庞也消瘦多咧，然而人家依旧说着道：好福气，好福气！

那当年挂在大厅上的绸幛缎幛，还搁在咏絮母家的高阁上，一色都是猩红，没有褪色。那"之子于归"的金字，仰着天，堆在一起，被阳光照着，依旧一晃一晃地放出光来。

（原载《礼拜六》第 106 期，1921 年 4 月 23 日出版）

喜相逢

　　小巷中一头黑狗，张开了嘴，伸着一个血红的长舌子，对梅一云汪汪乱叫，这叫声中分明骂着道："化子，化子！"梅一云好生气愤，撩起了那件不甚光鲜的竹布长衫，把那穿着破皮鞋的一只脚，对准那狗的脑袋上踢了一下，一壁骂道："好势利的狗！你也欺侮老子么？"说时，已到了一宅又脏又小又暗的小屋子门前，趄趄地走了进去。那狗跟着叫到门口，也就跑开去，向街头找旁的化子叫了。梅一云实在不是化子，是一个落魄的书生。他家本来也是小康之家，虽不富裕，却还过得去，不幸却和富家做了邻居。这富家的主人是做投机事业的，除了买空卖空，并没有正当的营业。去年中秋节边，在金子上失败下来，设法把产业变卖了，又张罗了一大笔钱，却还差一万两银子。实在没法想了，就想到他保有二万银子火险的屋子上。一天夜半过后，这屋子就失火了，不上三个钟头，烧成了一片白地。左右邻舍也连累了好几家，有的保险，有的不保险。梅一云家正在左邻，并没保险，可怜一个很安乐的小康之家，就被一场火葬送，并且把一云的老父老母也收拾了去。一云从睡梦中醒来跳窗逃出，幸而平日在学堂中练惯了跳高跳远，没有送命，但也摔伤了腿。只是性命虽保了，身外的东西却一件都没有带，连那在学堂中天天读的文法读本和几何三角也一古脑儿葬身火窟了。一云在街头呆坐了一会，方始定神，当下立刻想起父母来，便绕着火窟大哭大叫。那时救火员正忙着，唤他走开去，他也不管。一会却又疑他们老人家或者已经逃出，于是在近边几条街中巷中四处找寻，"母亲父亲"乱唤。真个脚跟无线如蓬转，一直奔到天明，叵耐总不见他父母的影儿。第二天跟着被灾的邻人们扒火烧场，才在瓦砾中扒出二老焦头烂额的尸体来，一时心如刀割，哭晕了过去。后来好容易啼啼哭哭，向几家亲戚化缘般化了几个钱，把二老殓了。从此无家可归，书也灰心不再去读了。在一个亲戚家坐吃了十天，受了逐客令，只索挺身出来，心中暗暗慨叹着：想人生在世，原是富得穷不得的。富的时候，大家往来很勤，逢了节便大鱼大肉地送礼物，似乎慷慨非常；倘有一方面失势了，便不再当亲戚看待。一个亲戚如此，料想其余的亲戚也如此，朋友们更不必说了。

因此梅一云索性挺起那嶙峋傲骨，死了那依赖别人的心，任是饿死在街头，也一百个情愿。一云最痛心的，就是平日间去惯的意中人家，到此也不能再去了。虽不明言绝交，实际上已是如此。他曾有一回上门去，门房却请他尝闭门羹，说是奉了老主人的命令，以后请不必光顾了。这一下子可把一云气了个半死，恨不得立刻撞死在门前。第二天写了封信给他意中人，也没有回信，一云这才死了心。屡次想自杀，却又屡次劝住自己，说死不得死不得，死了可要给他家笑话，还是留着这个身体和前途千磨百难去奋斗，图得将来有一个飞黄腾达的日子，也出了胸头一口恶气。因此他就不死了，但要找事儿做，踏遍了苏州城竟找不到。末后仗着一个打更老头儿的提携，供给了他一副亡儿遗下的测字家伙，于是老着脸在玄妙观中摆了个测字摊，挂上一块"梅铁口"的牌子，天天在眼上搭凉棚般遮了张纸儿，冷眼看人。每天来请他测字和写信的倒也不少，天晴的日子总能挣到三四百钱，一个人的身体差能敷衍一日三餐。他究竟是受过中学堂教育的，虽是信口开河，所测的字可也说得自然入妙，和旁的人两样。写一封信，更和旁人有天上人间之别，一笔楷书也工正得很。洗衣服的王妈妈，是个不识字的老婆子，有时来托他写家信给乡下的老丈夫，也总说梅铁口先生的信写得好："可是黑字落在白纸上，笔笔像样，这是瞒不过人家眼睛的。"一云的生涯虽还不恶，然而他旧时的同学们都来和他开玩笑，出了钱请他测字。这是他最难堪的事。勉强挨了半年光景，再也挨不下去，连得亲戚们朋友们也都来瞧他。他虽问心无愧，仗自己挣饭吃，他那一双冷眼虽已看透世情，但他到底是个不满二十五岁的青年，不免还有一些子虚荣心。后来恨极了，决意不再出去摆测字摊，一连在家中躲了三天。

他的家在紫兰巷中，就是开头说的那条小巷，每月出一块钱，向一个卖水果的老公公租了半个楼面，安放一张床，一张桌子。他的家就完全在这里了。这一天他出去走走，看见一家书坊中陈列着许多小说和杂志，他就中买了一本上海出版最精美的小说杂志，揣着回来。路上忽地得了个主意，正在暗暗欢喜，不道走到小巷中，吃那狗对他叫了几下，就着了恼，骂着回家。到了楼上，忙把那小说杂志打开，从头看起。第一页上就是个挺大的悬赏征文广告，说要征求一种三四万的长篇小说，出题是《我之回顾》，凡是应征的人，须把自己过去的历史记出来，第一名一千元，第二名五百元，第三名一百元。一云把一个大拇指纳在口中，对那一千元、五百元、一百元几个字着实发了一回怔。接着又看了两篇小说，很觉有味，想自从出了校门，也好久不看书了，小说更不用说，今天见了小说，倒像分外有缘咧。一壁想，一壁翻下去，翻到第四篇，斗的目定口呆，好似触了电的一般，原来见那篇小说，名儿叫作《寂寞》，下边却署着魏碧影女士五个字。这魏碧影是谁？原来就是他的意中人。一云好久不见意中人的娇面了，一见这魏碧影的芳名倒像见了面似的，不觉目不转睛地呆看着。一会心神定了，暗想：登门被拒，去书不答，她分明已把我看作陌路人，我又何必再去想她，发这无谓的怔呢？接着把那《寂寞》懒洋洋地读了一遍，心中忽又动起来。原来里头的话，分明是记他们两人的事，末后便拍上题目，说她深闺中的寂寞况味，描写得分外的细腻。一云倒也不能忘情，想：她既是如此，我何不再寄封信去试她一试？当下便磨墨伸纸，一口气写了封很恳切的信，黏上邮票，亲自送往邮局去。这一夜颠倒迷离，做了许多好梦。然而他伸长了脖子，等回信来，一连一个礼拜，竟不见半个字。无聊中没法排遣，便想起那悬赏征文，把自己的历史着手做《我之回顾》，好在过去半年中省吃俭用，把玄妙观中测字得来的钱，挣下了二三十千，尽够给他坐吃一二个月。他日夜动笔，忙了一个多月，居然把那《我之回顾》做成了，寄到上海那家小说杂志社去。接着一礼拜，他直好似举子望榜般等候消息。一天早上，回信来了，拆开一看，见是那杂志主笔出名，通篇都是钦佩的话，说这种可歌可泣的好文章好久没见过了，龙头之选不是先生是谁，现已备就银饼一千，请先生到上海来领，借此好一识荆州，并且另外有借重的事。一云一接到这封信，好生欢喜，连那每天当早餐吃的一根油条、一块大饼也忘记吃了，当下就怀了那信，搭火车赶往上海。身上虽仍穿着那件不甚光鲜的竹布长衫，袋子里倒似乎已有了那一千块钱叮叮当当的声响。

到上海时，就在火车站上坐了一辆人力车，直奔黄浦滩小说杂志社而来。那时那位主笔先生洪远伯，正在编辑室中阅看文稿，一听得茶房报到"梅一云先生"五字，怎敢怠慢？竟赶到门口，一路迎他进去。他眼中只见梅一云那个玲珑剔透的小说家脑袋，并不注意到他身上的衣衫，那种恭敬的态度，一些没有折减。倒惹得茶房们暗暗诧异，想洪老先生今天可是发了疯，怎么毕恭毕敬地迎接一个落魄书生进去，倘给旁人知道，可要笑掉大牙咧！洪远伯既把一云迎到会客室中，就开口说道："梅先生的大才，兄弟委实佩服得很。敝杂志自从出了那《我之回顾》的题目，登出征文广告以后，投寄来的稿件不下一二千篇，但总没有大作那么有声有色、可泣可歌，大概把先生的心和灵魂都装入行间字里去了。当代不少小说名家，对于先生都得敛手却步呢！"一云忙道："言重言重！在下做小说，却还是破题儿第一遭咧。"洪远伯道："那更难得了。第一遭就做得好小说，怕是天才罢。但我疑这篇小说中的事实，不知道真的是先生自己的历史不是？"一云低头向那竹布长衫上一个破洞瞧着，红着脸说道："先生，这当真是我自己的事。我原曾在玄妙观中做过测字的。"洪远伯口中"哦"了几声，又道："如此，那书中的女角色也实有其人了？但你结束得过于悲惨，怎的把你自己送了命？我很希望你们后来相逢，重圆那乐昌破镜呢。"一云怅叹道："唉，没有这希望了。我自分永永沦落，哪里还能做她家的娇婿？况且登门被逐，去信不答，他们早就拒我在千里之外了。他们先前虽曾有许我的话，我可也没有凭据和他们交涉去。就我自己也不愿见金枝玉叶的好女子，嫁我这个穷断脊梁的梅一云啊。"洪远伯拍他的肩道："你这人真好极了！我总得尽力助你。这里的一千块钱请你收了。"说时取出签票簿，签了一张一千块钱的支票交与一云。接着又道："第二件事，我还要请你做一篇五六千字的短篇小说，题

68　　　　　　喜相逢

目叫作《春之夜》，须把黄浦江上的夜景，细细描写做开首的点缀。往后我这里要添一位副主笔，助理一切，怕要有屈先生了。"一云答应着，真个喜心翻倒。洪远伯又道："这一篇《春之夜》，我待用很急，你最好赶快动笔。今夜半夜时分，不妨先到对面的江岸一带看看夜景，助你笔上的渲染呢。"一云连答了几个"是"字，待要告别出来，洪远伯忽道："先生请恕我唐突，我斗胆要问你那意中人的姓名，可肯见告么？因为我是个生性好奇的人，不论甚么事都要打听底细。"一云迟疑了一下子，才吞吐着说道："她——她姓魏，名儿叫作碧影。贵杂志最近一期中，也有魏碧影的著作，不知道是不是她？"洪远伯点头道："哦哦，或者是她。"说完，也没有旁的话，竟把一云送了出去。

一云只得出来，先到银行中把支票兑了现银，尽着半日中到上海各部分逛了一遍。身边有了钱，虽然不肯浪用，胆儿到底大了许多。挨到晚上，上馆子吃了一顿晚饭，半夜时分便到黄浦滩来，在江岸往来散步，看那夜景。只见半天星月倒影水心，水微动，星月也微动，一晃一晃的，好像碎金一般。沿岸小船无数，都泊着不动，静悄悄地寂无声响。远处的大船中，还有一星星的火，也印在水中，似和星月争地位。偶有一二头水鸥飞来，翅尖掠过水面，把那星影、月影、灯影、水影一起都搅乱了。一云手扶着铁栏，正看得出神，猛听得咯噔咯噔一阵脚声，似是女子的蛮靴着地。一云回头一看，果然是个女子，月光恰照出脸痕，不是他意中人魏碧影是谁？于是呆了一呆，想避开去，那女子倒也眼快，早已瞧见了一云面目，止不住娇声呖呖地呼道："你不是一云么？我们好久不见了！"一云只索住了脚冷然答道："我原是一云，道你早已忘了我了，怎么倒还认识我？"碧影道："我哪曾忘过你来！怕是你忘了我了。自从那天我得了你家火烧的消息，就急得害病，病中很望你来瞧我，或是寄一封信来，哪知毫无影响。病后要找你，既没处找寻，父亲又不许我出来，正使人难堪极咧！"一云道："我曾到过你家，被门房拒绝了；又写了封信给你，却不见你的回信。一二月前见了你的小说，还有信寄上，叵耐仍像石沉大海，一总没有回信。到此我才知道说情说爱，原要在有钱时说的，一到穷途落魄的当儿，就没有这份儿了。"碧影沉吟了半晌，点头说道：

"哦，是了。这一定是我父亲在那里捣鬼。怪道他从你家烧掉后，绝口不提你的名字，你的信也定是他从中捺去的。但你可不要怪我，我对于你始终如一，并没有改变初心。任你做了化子，也总有嫁你的一天，你放心罢！"一云很感激地说道："你要是真能如此，我自然更要力图上进，重新造起我的家来，决不敢辱没你。但你怎么平白地到上海来了？"碧影道："因为小说杂志社中要出一本女杂志，请我做主笔，我父亲答应了，在一个月前伴我同到上海，目前正在筹备一切。今天小说杂志的洪远伯忽要求我做一篇《春之夜》短篇小说，唤我在夜半时分到这江岸来，看那江上夜景，写入小说。不道事有凑巧，竟遇见了你，这不要是天意么？"一云瞧着碧影娇脸，悄然答道："不是天意，是人意。"当下便把破家后起，到今天洪远伯唤他做《春之夜》的小说止，原原本本地和碧影说了。碧影很快乐地说道："如此这明明是洪远伯有心要撮合我们，所以借这《春之夜》来使我们喜相逢呢！"一云道："正是，我们应当感激洪远伯。"接着两人便并倚在铁栏上，说了好多情话。那时对街一座洋房的窗子开了，有一个人立在那里，对着这边月下双影点头微笑。这人便是小说杂志社的主笔洪远伯。

　　瘦鹃道：近来我得了广州一位先生的信，说他向来爱看我小说的，只是衷情太多，使他伤心极了，要求我别做。又有一位朋友，说我做哀情小说大非卫生之道，还是少做些罢。前天在一品香，遇见老同学徐叔理君，他也是这么说。我一想不好，他们要是仿照英日同盟般结了同盟，以后不看我的小说，我难道自己做了给自己看么？因此这一回连忙破涕为笑，做这一篇极圆满的小说，正不让"私订终身后花园，落难公子中状元"的老套呢。我第一要问，徐叔理君读过了这篇，可开胃不开胃？

　　（原载《礼拜六》第120期，1921年7月30日出版）

真

　　明漪双睑在那碎银般的月下，一汪一汪地晃出一派柔媚的光来，嵌着两颗春星，微微荡漾，任是喜马拉雅山头千年不消的白雪，也不配给她照临，怕玷污了她。雪太白了，玉太坚了，实是合放在造化的洪炉中，融冶过一下子的。红玫瑰花太红，衬上去也不好看，这简直是一朵含着苞将放未放的白玫瑰，含苞处带一脉极微极薄的淡红，是何等的嫩艳。

以上的一番话，并不是描写风景，真的风景和名画师笔尖上的风景都没有这样好。我描写的却是一位邹如兰女士的眼和脸。其实邹如兰的仙貌，还不是以上几句所能描写得到。凭你诗、词、文、赋、词曲、小说和国粹派、西洋派的画，先前曾描写过死美人西施、王嫱的，却偏偏奈何她不得。做书的费了九牛二虎之力，也只就她的眼和脸不痛不痒地形容几句，其余各部竟万万形容不出了。

邹如兰的绝色，本是北大街上最有名的。远近的人谁不知道这北大街的美人，纷纷传说。北大街的住民也就借着邹如兰自豪，当作一件极荣誉的事，索性连街名也改作"美人街"了。

邹如兰不但貌美，还是一个有学问的女子。那一颗玲珑剔透的芳心中装满了中西学问。就是绣一只花，织一件绒线衫子，也都是斫轮老手。她从小儿在女学堂中念书，如今二十岁，快要从中学毕业了。端为她才貌双全，不知道颠倒了多少青年，有的写了信，有的诌了诗，偷偷地寄给她，但她生性幽娴贞静，好似瑶台最高处的仙花一般，任人家百般挑逗，她兀是不瞅不睬。收到了诗或信，给她父亲过一过目，就一把火烧了。

有一天，不知怎样神驱鬼使似的，忽被西大街上一个少年诗人撞见了，诗人的理想中，本来常有仙姝往来。美色当前，可也不算甚么希罕，谁知他一见如兰，就着了魔，觉得他诗心诗魂制造出来的美人，任把"琼花璧月""仙露明珠"的句儿形容上去，总觉不称。像这么一个活色生香的真美人，才当之无愧咧。

少年诗人姓汤，名唤小鹤，是个初出道的诗人，诗笔还嫩，但是报章、杂志已很欢迎他的诗稿，一般人心目中也就渐渐有了汤小鹤的名字。小鹤自遇了如兰以后，一打听人家，甚么都知道了，更倾倒得了不得。心想总要和她相识才是，要写封信寄去，兀是不敢，连挨了三日三夜，翻来覆去地想了好久，方始立下决心。一夜他取出花笺写了封很恳切的信，一壁写一壁小鹿撞胸，第二天又踌躇了一会，方始付邮。

说也奇怪，那邹如兰得了汤小鹤的信，竟破题儿第一回悄悄地藏了起来，不给她父亲看，也不把火儿烧了。她原曾见过小鹤好几首诗，觉得字里花飞，很合她的意，如今瞧了这信，又写得大方得体，不像旁的人那么轻薄，这分明不是寻常的少年了。不上三天竟写了封回信给小鹤，还附着一张雪白金边的名片，许他结为朋友。小鹤喜心翻倒，把她的信薰香珍藏，直当作宝贝一般。从此以后，他们俩就做了不见面的好友，鱼雁往还，无非谈诗论学，有时在路上遇见时，彼此也并不招呼，只像陌路人一样。可是，中国的社会中，往往把无形的桎梏锁缚住了男女青年，凭你们友谊十分高洁，也一概不许。他们走到甚么所在，就有千百双吓人的眼睛，跟随到甚么所在，因此上，偷偷摸摸的事越多，风俗越坏，不自由的婚姻也越发层出不穷。可是男女社交不能公开，又哪能产出美满的夫妇来呢！小鹤和如兰结识了三年，始终不曾接近，讲过一句话。但是，小鹤心中已长了情苗，觉得邹如兰已满满地占据在灵台之上，凭你十万横磨剑，也斩不掉这一缕情丝。英国大诗人拜伦说得好："友谊往往胎生情爱。"这也是男女交际上免不了的一个阶级。不但小鹤如此，如兰的信中也流露了一些出来。那时社会中已约略知道汤小鹤和邹如兰结交的事，认作是罪大恶极，没来由的诽谤，传布人口，常使他们俩陷在忧恨、恐怖之中。却再也料不到，他们一总没有见过面呢！小鹤方面有几个朋友，都在背地议论他，说小鹤爱邹如兰，不过爱她的貌罢了，又哪有甚么精神上真的爱情。眼见得如兰貌一衰，他就掉过头去，爱上旁的美女子咧。小鹤甚么都不理会，自管掏着心儿、肝儿遥遥地把真情用在如兰身上。这样又过了两年，邹如兰忽然嫁人了。原来她不曾和小鹤订交以前，早就由她父母许配人家，可怜一个天上安琪儿似的女子，竟也落了买卖式婚姻的俗套。如兰对于这事很不愿意，然而哭干了两眶子眼泪，也是没用。小鹤一得这消息，不觉呆了一呆。如兰出阁的那天，小鹤躲在床上，整整地哭了一天，他并不是哭自己不能得如兰为妻，实是哭天上的仙人，从此堕落，灵台上一枝畅好的仙葩，从此着了污点了。他心目中总以为如兰不是寻常的女子，也就不该像寻常女子一样，委屈了自己白璧无瑕的身子，去做臭男子的玩具。他越是想，越是伤心，一壁还在暗中责备如兰，不该如此自暴自弃，辜负上天造就绝代佳人的一片苦心。夜半梦回，他从床上跳将起来，仰天大呼道："完了！完了！"邹如兰一嫁，世界中可就没有一个完美的女子了，从此小鹤的诗就哀弦瑟瑟，全是低徊凄恻之声，他那一首《堕落仙人》的长诗一唱三叹，竟引得好多人掉下眼泪来。其余的长短诗也都写尽人世间无可奈何的苦情，直是把笔尖儿蘸着血泪做的。有一般好事的人，竟写信去责问他，还要求赔偿眼泪的损失。如兰知道小鹤都是为己而发，便不时写信来安慰他，劝他达观，说："你看破些罢，能寻快乐时，寻些快乐，没的常常这样悲伤，我的辛酸眼泪也流得够了，不用你伴着我流泪呢！"然而小鹤终不能改，一动笔无非是红愁绿怨，做出一派凄响，文学界中就上了他一个"眼泪诗人"的诨号。邹如兰嫁后一年，小鹤实在无聊极了，便依着家人之请，居然娶了一个妻，也装着很高兴的模样，在人生舞台上扮演这种没意味的把戏。以后十年中，他也生子育女，很勤恳地做事，除了一身独处以外，总得把笑脸向人，于是他的朋友们都说小鹤已忘了邹如兰咧。如此，小鹤当真忘了邹如兰么？其实他何曾忘怀过来，不但没有一天不想，就是一刻钟、一分钟中也有如兰挂在心头，他想着如兰才肯努力向上，才做得出极绵邈的好诗来。

如兰含辛茹苦，过着那种不满意的生活，对于小鹤惟有私心感激，瞧作一辈子唯一的知心人，她的芳心已成了那沙漠，幸有这汤小鹤在着，算是那沙漠中的一片青草地，倘没有小鹤维系她一丝生趣，可当真要憔悴死咧。如兰三十五岁上，忽地遇了一件意外的事，把她花一般的美貌毁了，还跛了一只脚。

原来有一天，她坐了马车出去，被一辆汽车撞了个满怀，马仰车翻，把她压倒在地，一只脚压断了，脸上也被车窗上的玻璃剜破了好几处。送到医院中医了一个多月，那脚总没有复原，一张羊脂白玉似的脸上，也平添了好多疤痕。她丈夫先还爱她的貌，到此竟完全抛下她了，自管娶了两个妾作乐，逼她写了休书，撵将出来。

小鹤一听得这事，直把那薄幸郎恨得牙痒痒的，恨不得生生杀死了他，给如兰出一口恶气。那时如兰母家已没有甚么人了，小鹤就托她一个老姑母出面，接了如兰。把自己新造的一座别墅，让她住下，用了好几个下人服侍如兰，衣食住三项都使她享用畅快，没一处不满意。小鹤自己仍住在旧宅中，每天晚时，总到别墅的门房中，问如兰和她姑母的安好，有时还带了花来，送与如兰，悄悄地在花堆中夹一张名刺，写上一个"爱"字。但他怕人家说话，从不踏进别墅内部去，在门房中勾留至多五分钟，得了如兰一声回话，就一掉头走了。如兰感激得落泪，往往对着那老姑母哭说："我没有甚么能酬报小鹤的厚爱，只索把这一颗真的心和真的眼泪酬报他了。"小鹤对于如兰仍是一往情深，像十多年前一样，如兰虽是疤痕界面，又跛了脚，再也不像往年的如花如玉，然而小鹤心目中，仍瞧她是个天仙化人，一壁还暗暗得意，想她丈夫不要她了，旁人也瞧不上她了，从此十年二十年，可就完全是我精神上的爱人，从此不用嫉妒，不用怨恨，不用怕人家抢我灵台上这一枝捧持的花去。想到这里，便得意忘形地笑将起来。然而他仍不想和如兰接近讲一句话，每来探望时，只立在园子里，对那小楼帘影凝想了一会，就很满意地去了。这时便又做了一首长诗叫《真仙子归真篇》，平时掩掩抑抑的哀调中掺入了愉快的神味，社会中不知道他事情的，都诧异着说，汤小鹤已把哀怨的心魂换去了，往后可不能再称他"眼泪诗人"。小鹤的朋友们都很佩服他，用情能实做一个"真"字，一壁又笑他太痴，二十年颠倒着一个邹如兰，空抛了好多眼泪，好多心血，究竟得了些甚么来。小鹤听了这些话，也只付之一笑，说我自管用我真的情，可不问得失呢!

如兰在小鹤别墅中住了一年,思前想后,郁郁不乐,在第二年暮春花落的当儿,也就同着花一样落去,临死时樱唇开合,说了十多声的"我对不起小鹤!"到得小鹤赶到时,芳息已绝了。小鹤又呆了一呆,落了几滴眼泪,即忙从丰殡殓,把玉棺暂在别墅中搁着,一壁赶造了一个大理石的坟,三个月后方始落成,就将如兰葬了,墓前立了一块石碑,刻着"呜呼吾如兰之墓",是他亲笔写的。后来他自己就住在别墅中,月夕花晨,摩挲着如兰的遗物,只是痴痴地想。每天他总得到如兰坟上去一次,送一个花圈或是焚化一首诗,这是他刻板的日课,风雨无间的。

明年,如兰的忌日,他做了一首长诗,买了个大花圈,清早就到那坟上去,去了一天,没有回来,入夜时有人见他仍在如兰坟前,伏在一个大花圈上,斜阳照到他身上,惨红如血,推他不动,唤他也不醒。他动时、醒时,多分要在百年以后了。

(原载《礼拜六》第115期,1921年6月25日出版)

小 诈

葡萄棚上盖着重重叠叠的绿叶，好像亭亭翠盖一般；葡萄虽已结实，还没有变紫，一球球地向下挂着。柔藤下撩，恰撩在一对少年男女的头上，但他们俩自管软语，一些儿没有觉得。瞧他们的脸色，似忧似喜，也不知道说些甚么话。一会，那少年太息道："去年葡萄紫时，我们俩曾在这里私订百年偕老之约，预备等我的文字生涯发达一点，然后去求你老父，更给亲友们知道。

　　　　喜相逢

今年葡萄又快要紫了，我却依旧如此失意，瞧来这小说家的生活和我是没有缘的，任是再做一百年二百年的小说，可也不能享甚么大名。要像我先父那么在小说界上占一个重要位置，怕就没有这一天了！"那女子道："黎明，你不要灰心。只需把你的思想和艺术完全用在小说上边，包管有名利双收的日子。你父亲原是个大小说家，他的小说至今传诵，他的大名也至今不曾衰歇。只恨中国的书商太薄待一般著作的人，虽做了好书，不给善价，多方地剥削。一编风行时，他们却自管赚钱，自管作乐，到得著作人死后，他们哪里过问？不像外国书商，把著作人捧得天一般高，既把极大的代价买下了他的底稿，每年还有规定的酬金；本人死了，子孙还能承袭下去。像中国的著作人，简直和苦力化子差不多，他们的心血在书商眼中瞧去，不过像沟水罢了。"少年道："平心而论，他们对于已成名的著作家，也略略优待一些。像我父亲当时，也总算借着一支笔，挣了几个钱。只为他自己太豪放了，死时便一钱不剩，连做成后未刊的小说稿也一本都没有。"那女子道："你倘能找到你父亲未刊的稿件，书商们一定要把善价来买的。有了一二千块钱到

小 诈

手，我们就能舒舒服服地订婚结婚了。"那少年道："怎么不是！只消有一二千块钱，也就够了。但像我目前这样，哪能得这笔钱？做短篇小说卖不到多少钱，做长篇小说又没有主顾，但愿哪一天给我从甚么屉底橱角找到一部先父的遗著，那便好咧。"女子眼望着少年的脸，脉脉无语，一会忽道："好了，我们回去罢。天快要夜了，我没得累父亲饿着肚子等夜饭吃。"少年道："好，我们走罢。我也得回去做小说呢。"当下两人离了葡萄棚下，踱出公园，到燕子街口，彼此便分手了。

吴黎明是个小说家，已做了三年的小说，正没有出名。他父亲却是一个大小说家，做得一手好小说，长短篇都很出色，社会中凡是提起了吴畏庵的大名，简直没一个不知道的。他仗着笔歌墨舞，钱倒挣得不少，但他生性豪放，瞧着这些心血换来的钱不甚爱惜。日走胭脂坡，夜过赵李家，挥霍一个畅快；就那赌场和各小俱乐部中，也喜欢走走。他生平的风流铁事，倒也能做一部很好的艳情小说，但他末后毕竟因了瘵疾而死，临死两手空空，连自己买棺木的一笔钱也不曾留下，竟自撒手去了。瞧他的一生，很像法国大小说家大仲马，做小说是大家，挥金如土倒也是大家。大仲马有儿子小仲马，同在小说界享大名。吴畏庵有儿子黎明，原也有小说家的天才，但还比不上小仲马。那天他别了情人丁淑清回到家里，他那寡母已煮了夜饭等着。黎明胡乱吃了一碗，就靠在椅中呆呆地想，淑清的呖呖莺声，似乎还留在耳边，那"有了一二千块钱就能舒舒服服订婚结婚"的一句话，更很清楚地印在心上。他想来想去，总没有法儿挣这么一大笔钱。这夜他兀的不能入睡，夜半起来把抽屉箱箧一起搜查，想找到他父亲的遗稿。谁知任把地板翻了个身，也找不到甚么，转把他母亲从睡梦中惊醒了，还道他发疯，忙起来瞧是甚么事。经黎明说明了原委，才安了心。丁淑清的父亲仙舟是个大学教授，他和黎明的父亲原是三十年老友，膝下单有淑清一女，才貌双全，对于这个最重大的择婿问题十分仔细，几乎都要像考试学生般考试一下子，瞧他合格不合格。他见黎明和女儿相爱，并不反对，不过暗暗仍有一种表示，说要娶淑清为妻未尝不可，但须有了娶妻的能力，才能说到这件事。黎明和淑清俩也都知道了老人的意思，兀是想赚钱的方法，然而黎明虽呕心沥血，也换不到多少钱，只能敷衍日常的家用。自从那天听了淑清的一番话，就痴心妄想要找到他父亲的遗稿，谁知连找三天，只落得白忙了一场。仗他心地灵敏，忽然得了个计较：想父亲的遗稿既找不到，何不假造一本，去骗骗那些书商？好在父亲的文笔是看惯了的，学也学得像，混卖出去，定能换它一二千块钱呢。打定主意，就找了一本空白的旧簿子，动起笔来。全书的结构和意思，他早已想妥，自然容易着笔。每天日中怕淑清和旁的朋友们来瞧他，不敢造这假稿。到了夜静更深，方始偷偷地动笔，往往做到天明，把睡眠也牺牲了。这样挨了一个多月，居然把那小说做成，名儿叫作《十年回首》，一总有十万字，好算得一部大著作了。但他用了这一个多月心力，已疲乏得很，脸子瘦了好些，两眼也凹了进去，倒像害过一场大病似的。完稿之后，他又踌躇好一会，想这件事很带些欺诈取财的意味，不知道轻易做去，于自己道德上有亏么？但是转念想到淑清"订婚结婚"的话，就也顾不得许多了。当下他写了封信，附着那小说稿挂号寄与一家大书店，当年他父亲在世时也不时送稿件去的。发信后，他怀着鬼胎，生怕那书店中觑破他的秘密，倒是很

　　　　　　喜相逢

害臊的。一连盼望了五天，心中很觉不安，第六天上，那书店中有回信来了，拆开一看，不觉喜出望外。原来满纸都是赞美的话，说通篇情文并茂，一读就知道是吴畏庵先生的手笔，这种好小说现在是没有的了，预备奉酬二千元，不知尊意如何？倘蒙允许，请亲来立约，价格上倘不满意，也尽能熟商的。黎明读罢这信，直喜得手舞足蹈起来，暗想："好了好了，我们正在想这二千块钱，不道真有两千块钱送上门来！且慢，我何不多要他一些？索性说三千块钱，怕也没有不依的。"于是他亲自到那大书店中去，见了编辑部部长，他的要求也答应了，揣了三千块钱一张银行支票，回到家里。同日就赶到丁家，把那发现父亲遗稿的事告知淑清，又掏出那支票来做凭证。淑清自然也欢喜，但是还不敢和她父亲说，因为钱虽有了，究竟不是黎明仗着自己本领去挣来的。老父生性怪僻，和常人不同，此刻倘提出婚姻问题，倒未必肯答应呢。黎明也不敢说，只等再寻机会。

两个月后，那部《十年回首》已出版了。报纸上登着极大的广告，说是大小说家吴畏庵先生的遗墨，由他文郎黎明先生在故纸堆中寻出来的。不上一月，早已轰动全国，销去了十多万册，倒给那书店中稳稳地赚了一大笔钱。黎明暗自好笑，想那十多万人都上了他的当咧！转念想时，又觉得这事很像诈术，似乎于道德上很有妨碍，不如再往书店中自首，叫他们普告天下，向读者谢罪，也算给自己忏悔一场罢。但是过了一夜，又想这种事可比不得招摇撞骗，就是利用自己父亲的名字，也不算僭冒呢。那时丁淑清的父亲仙舟老人，也已读了这部《十年回首》，十分怀疑。因为吴畏庵生平所有已刻未刻的稿件，临死时都私下交给了他，嘱咐他说儿子年纪还小，甚么都不懂，我这一生心血请老友好好儿保存着，等儿子将来长大了，结了婚，然后交他保管。仙舟依着他的吩咐，二十年来好好儿地珍藏在保险箱中，只等黎明一结婚，立时移交。况且见黎明也是个小说家，私心更是欢喜，想他克绍箕裘，往后定能保守他父亲的遗稿呢。如今忽见市上有吴畏庵的遗稿出现，据那书店主人的序言中说，还是畏庵的文郎黎明发现的。他就觉得诧异起来。细细地读那书，文字和情节都很高妙，自能比得上畏庵的大手笔，至于写景之处更超过畏庵。仙舟诧异极了，把这意思和淑清说，一壁又写信去唤了黎明来。淑清和黎明已有多天不见面了，一见之下，欢喜自不消说。仙舟却劈头就问道："黎明，你父亲的那部《十年回首》是从哪里发现的？"黎明脸色微微一变，支吾着答道："是……是从一只抽斗的底里搜出来的。"仙舟一瞧他模样，心中已明白，接着带笑说道："怕未必罢。委实和你说，你父亲生平所有已刻未刻的稿件，已在当年临终时全都交给我了。他也是爱惜自己心血起见，唤我等你长大了，结了婚，才交给你保管。我见你还没有结婚，因此一径没有移交。如今我问你，你那部书是从哪里来的？究竟是谁的手笔？"到此黎明已满面涨得通红，即忙说道："老伯请恕我的欺诈！这部书实是我自己做的。只为我没有出名，有了作品不能得善价，因此想出这法儿来，居然骗到了三千块钱。但我心中兀的不能安耽，今天受了老伯的责问，更要愧死咧！"说完低倒了头，不敢对仙舟瞧，也不敢瞧淑清。仙舟却放声笑了起来道："黎明，你不用这样。像这种小诈，也像兵家行军一般，哪能说有伤道德？我很佩服你这部书做得绘影绘声，没有一笔松懈，写景一层更胜过你父亲一筹，这真不是死读父书的人了。停一天我还得代你向那书店中声明，说是你自己的著作，一壁更把你父亲未刻的稿件交他们刻书去，怕还不止三千块钱咧！"黎明道："多谢老伯的赞许，我感激得很。但我几时才能接收先严的遗稿呢？"仙舟道："等你结婚以后。"黎明脸儿一红，鼓着勇气说道："我正很想结婚，不知道老伯可能见助？"说时抬眼向淑清瞧，淑清梨涡也是一红，却把头低了下去。仙舟扑哧一笑，斗的站起来，拉了淑清的手纳在黎明手中，放声说道："愿你们永永快乐！"

（原载《礼拜六》第 128 期，1921 年 9 月 24 日出版）

喜相逢

留声机片

留声机本是娱乐的东西，那一支金刚钻针着在唱片上，忔楞楞地转，转出一片声调来。《捉放曹》咧，《辕门斩子》咧，《马浪荡》咧，《荡湖船》咧，使人听了都能开怀。就是唱一曲《烧骨计》一类的苦调，也不致使人落泪。谁也知道这供人娱乐的留声机片，却蓦地做了一出情场悲剧中的砌末，一咽一抑地唱出一派心碎声来。任是天津桥上的鹃啼，巫峡中的猿哭，都比不上它那么凄凉悲惨。机片辘辘地转动，到底把一个女孩子的芳心也轻轻碾碎了。

太平洋惊涛骇浪的中间，有一座无名的小岛，给那些青天碧海、瑶草奇葩，点缀成了一个世外桃源。世界中一般情场失意人，满腔子里充塞着怨恨没法摆布，又不愿自杀，便都逃到这岛中来，消磨他们的余生。那些诗人、小说家，因为岛中都住着恨人，就给它起了个名号叫作恨岛。这恨岛直是一个极大的俱乐部，先前有一二个大慈善家特地带了重金，到这里来造了好多娱乐的场所，想出种种娱乐的方法，逗引着那些失意的人，使他们快乐。虽也明知道情场中的恨事，往往刻骨难忘，然而借着一时的快乐，缓和他们，好暂忘那刻骨的痛苦，也未始不是一件好事。至于文明国中一切公益事业，岛中也应有尽有，并不欠缺。这所在简直是一个情场失意人的新伦敦，也是一个情场失意人的新纽约。

岛中住民约有十万左右。内中男女七万人都是各国失意情场的人，其余是他们的家人唰婢仆唰和一般苦力。就这婢仆和苦力中间，也很有挨过情场苦味来的。论他们的国籍，一时间也说不清楚。除了中华民国以外，有美国、英国、法国、德国和欧美两洲旁的文明国。就是非洲的黑人，南美洲的红人，也有好几百人。瞧他们不识不知，直好似鹿豕一般，却也知道用情，也为了情场失意，逃到这恨岛中来。可知世界中的人，不论文野，都脱不了一个情字的圈儿。在他们呱呱堕地的当儿，就带了个情字同来咧。

就这十万人中，单表一个中华民国的情场失意人。他是从上海来的，姓名没有人知道，自号情劫生，年纪还只三十岁。状貌生得不俗，清癯中带一些逸气。虽是失意，衣冠却整洁得很。他到这岛中来，已有八年多了，光是一个人，并没家人婢仆同来。来时只带了个皮箧，瞧它直当作宝物似的，片刻儿不肯离身。睡时当枕头，醒时做靠背，出去时不带行杖，也就带着这个皮箧。箧中藏着的，原来是一大束的情书，裹着很美丽的彩绸，束着粉霞色的罗带，另外还有小影和好几件信物。八年来他常把恨岛中一种非兰非麝的异香薰着，使得香馥馥的。他闻了这种香味，就回想到八年以前伊人的衣香发香，也是这样甜美可爱，当下他脑中便像变作了个影戏场，那前尘的影事好似拍成了影戏片，一张张在那里翻

过，顿使他回肠荡气，兀的追味不尽。想极时，他没有
法儿想，只索对着那小影痴看，追摹伊的一颦一笑，把
那青丝发、远山眉、星眼、樱口一起想到，更想到那纤
腰玉手和罗裙下那双六寸肤圆的脚，都是他忘不了的。
一壁又打开那一束情书，足足有一二百封，从头瞧起。
觉得字里行间仿佛有伊人的芳心在那里跳动，又像有伊
的呖呖珠喉在那里向他说话，直把他的眼泪都吊了出来，
几乎把那信笺做了个盛泪的盘子咧。

　　恨岛中的男女们，既然都是情场历劫的人，到了无
聊的当儿，往往喜欢把他们的情场历劫史彼此相告，彼
此相慰。惟有这情劫生却关紧了嘴，从不和人家多说甚
么，既不把自己的情史告诉人家，也不求人家的相慰。
他那一张嘴儿，倒也有一夫当关万夫莫开之势。他平日
并不多交朋友，只有一二个知己，都是本国人，也为了
失意情场，同时从上海逃来的。他们约略知道他的事。
事儿原也平淡得很，自从有世界以来有了男女，两下里
瞧上了发生了两性相恋，就像铁针遇了磁石吸在一起。
以后被环境逼迫，好事难成，因为他们两人之间早有个
第三人在着，把陈年古宿的庚帖允书掮出来，轻轻地把

那女孩子抢去了。一个落了空，就捧着碎心，逃了开去。情劫生的事，也是如此。他在十七八岁时，结识了一个才貌双全的好女儿，似乎叫作林倩玉。他就一往情深，把清高诚实的爱情全个儿用在这女郎身上，一连十多年没有变心。世界中尽有比这女郎才貌更强的女子，他却一百个不管。心目间不但以为所爱的才貌是天下第一，倒像天下也单有这一个女子一般。彼此如狂如醉地喝着那情爱的酒，不知道杯底里却藏着黄连，喝到味儿苦时，只得耐下去连一个"苦"字也喊不出了。末后那女郎被家庭逼着嫁了一个旁的人，他不愿再留在故乡，多生无谓的感触，知道太平洋中有一个恨岛，是世界情场失意人的安乐窝，于是带了些钱和他爱人的情书信物，一溜烟离去上海，做了个黄鹤一去不复返。决意把他一身和那千般万般的愁恨，埋在太平洋烟水迷蒙中，把无穷的酸泪洗他那颗破碎的心。

情劫生逃到这恨岛中来，原是要斩情绝爱，忘掉他的痛苦，然而正合着冯小青的两句话，叫作"莲性虽胎，荷丝难杀"，心上总是牵牵惹惹地推不开去。岛中原常有宴会、跳舞会、音乐会请大家参与，尽着吃喝玩笑，好把愁惨不快的前尘影事慢慢儿淡忘下来。每夜华灯初上，就有好多的男女前去寻乐。灯影人影、花香酒香和音乐声笑语声，都并合在一起。大家当着这沉醉的一夜，简直快乐得像发疯一般。然而这一位情劫生却始终不曾参与过这种娱乐的会。他曾向一二知己说道："一个人受了情爱的苦痛，就好似极猛烈的毒弹深深地嵌在骨上，岂是一时娱乐所能忘掉的？这样的盛会，不过是一只挺大的麻醉药缸。给你去麻醉一下子，到得夜阑人静旧恨上心，便更觉得难受。我又何必附和着他们，把勉强的笑脸去掩盖那一双泪眼呢？"

岛中的男女们见情劫生落落寡合，从不和众人合在一起，从不谈起他的情史，一张脸活像是把铜铁打成的，也从不曾向人笑过一笑。他的身上倒像裹着北冰洋中无数的冰块，瑟瑟地冷气逼人。走到街上时，开着极小的步，行动非常迟慢，好似一个鬼影一般。岛中人便给他起了个外号，叫作怪人。

情劫生本是一个孤儿，老子娘都已死了。在故乡时还有几家亲戚，往来凑凑热闹，如今身在几千里外，真个是举目无亲。镇日和他厮守在一起的，单有一个小僮，年纪不过十四五岁。他既是哑巴，偏又是个傻子。因为不能说话，一天到晚只是痴笑，分明把这笑来补他不说话的损失。有时节情劫生只管哭，他便只管笑；一个哭得越苦，一个也笑得越凶。这一哭一笑之间，就包括着一大部人生的哲学了。

情劫生在闷极的当儿，往往同着这个哑僮到洋边去苏散，抬着一双泪眼，向中国方面望去。心想倩玉此时，在那里做甚么？身体可安好？可能享受那夫唱妇随的真幸福？想到这里，眼泪不由得扑簌簌地掉入洋水。白浪翻过，把他的眼泪卷去了。他痴痴地望着这一个浪，指望它滚到故乡，代表自己向意中人道一声好。有时节在斜阳西下时，眼见那一大抹玫瑰红的斜阳恋着水，仿佛相偎相依地正在那儿接吻，他便又想起当年和倩玉接近时，也是这么亲热。可怜余香在口，再也不能和伊偎傍了，当下里心痛如割，不觉连呼了几声"倩玉吾爱"，眼泪早又不住地掉将下来。哑僮不知就里，只是嘻开了嘴，站在一旁痴笑。

情劫生想念倩玉，日夜不断，睡梦里头更夜夜要回去和倩玉相见。好在这一着还算自由，没有人能干涉他们。至于倩玉方面，自然也一样地苦念情劫生。伊的嫁与别人，并不是有意辜负他，只为被父母逼着，委曲求全，不得不这样混过去。伊原打定主意把自己分作两部，肉体是不值钱的，便给伊礼法上的丈夫；心和灵魂却保留着，给伊的意中人。伊出阁的那天，只得了情劫生"珍重前途，愿君如意"八个字，从此就没有消息。私下里着人去探望他，只见屋子空了，人已没了踪影。更探听他平日往来的朋友们，也都说不知道。倩玉疑他已寻了短见。转念想他是个基督徒，生平最反对自杀，说是弱虫的行为，料来未必如此，多分是避到甚么远地去了。倩玉没奈何，花晨月夕，只索因风寄意，暗祝她意中人的安好；枕函上边，也常为他渍着泪痕。芳心深处，总怀着"我负他"三个字，兀的自怨自艾，对着家人也难得有笑脸了。

情劫生本是个多病之身，又兼着多愁，自然支持不了。他的心好似被十七八把铁锁紧紧锁着，永没有开的日子，抑郁过度就害了心病。他并不请医生诊治，听它自然。临了儿又吐起血来。他见了血，像见唾涎一般，毫不在意，把一支破笔蘸了，在纸上写了无数的"林倩玉"字样。他还给一个好友瞧，说他的笔致很像是颜鲁公呢。那朋友见了这许多血字，大吃一惊，即忙去请医生来。情劫生却关上了门，拒绝他进去。医生没法，便长叹而去。一个月后，他病势已很危险。脸儿憔悴得不像了人，全身的气力早已落尽，成日躺在床上不能起身。他那几个好友，便又去请了医生来。医生一把脉，说已不中用了，还是给他预备后事罢。临死时，他神志很清楚，脸上忽地有了笑容。那时斜阳正照到楼心，红得可怜，他吐了一口血，染在白帕子上，笑着向他的哑僮道："孩子，你瞧我的血，不是比斜阳更红么？倘能染一件衫子给那人穿在身上，好不美丽！"哑僮不明白他的话，只是痴笑。

朋友们见他去死近了，问有甚么遗嘱没有。他想了一想，眼光霍地一亮，说："有一件事先要烦劳你们。我有几句话要寄回去给那人，信中只能达我的意，不能传我的声。伊是向来喜欢听留声机的，我想就把我的话做成了留声机片寄给那人。住址在我的手册中，停会儿你们检看好了。此刻快到百代分公司去唤一个制造机片的工师到来，给我收声，要求他们代造一张，须得经久耐用，口齿也要清楚，多少费用归我担任。我箧中还剩三千块钱，除了制片葬殓以外，倘有余下的钱就请捐与甚么伊慈善机关。我本来不用葬殓，只消抛在太平洋中饱了大鱼的腹，甚么都完了。遗蜕埋在地下，虽然无知无觉，总还带着余恨。不过我恋着这些情书信物，没法摆布，我倘葬殓时，就能做殉葬物，埋到了黄土之下，和我合在一起。将来的白骨冷了，也好借它暖和暖和。除却这两件事，我没有甚么遗嘱。但求诸位好友依着我的话做。等那留声机片制成后，立刻寄往上海，交那人亲收。殓我时千万不要忘了那情书信物，定须好好儿放在我的身边。至于一切遗物，都送给诸位留个纪念。哑僮侍我很忠恳，我也爱他的痴笑，请把我箧中的钱提出三百元给他。以外我没有话了。"情劫生说了这一大篇话，甚是乏力，便把上半身伏在被上，一阵子喘，当下又吐出好多血来。被斜阳照着，真是一片惨景。

　　朋友们听了他的话，都很伤感，叹息的叹息，落泪的落泪。当下不敢怠慢，即忙赶到百代分公司和经理人商量，派了个工师带着收声机立刻赶来。情劫生挣扎着，把话儿送入机中。一句一泪，全都是使人断肠的话。说完，他就倒在枕上死了。那时惨红的斜阳照了他的血，不忍再照他的尸体，早已悄悄地蹑足而去。门外的棕榈树上，起了一阵风，似是呜咽的声音。太平洋中夜潮拍岸，也做着哭声，料想墨波之上，多分送着情劫生的痴魂回去咧。

三个月后，上海的林倩玉家忽地接到了一个海外来的挂号邮件，层封密裹，似乎非常郑重。倩玉拆开一看，见是一张留声机片，好生诧异。仔细瞧时，陡见当中那个圆圈子里有"情劫生遗言"五个金字。伊芳心一跳，泪珠儿也立时滚了出来。这当儿她丈夫恰不在家，家中只有一个耳聋的老妈子，在灶下打盹。伊家本有留声机的，当下便锁上了房门，把那片儿放上去。开了机，不一会就听得忒楞楞地说道：

唉！亲爱的，我去了！我是谁，你总能辨我的声音。你出阁的那天，我就逃到太平洋中的恨岛上，过这怨绿愁红的日子。八年以来，早已心碎肠断，不过还剩着一个皮囊。挨到今天，这皮囊也不保咧！唉，亲爱的！我去了，愿你珍重。要是真有来世，便祷求上天，给我们来世合在一起。今世可已完了，还有甚么话说？往后你倘念我时，只消瞧你面前的日影云影，都有我灵魂着在那里。晚上你对着明月，便算是我的面庞，见了疏星，便算是我的眼睛。你红楼帘外，倘听得鸟声啾啾，那就是我的灵魂凭着，在那里唤你的芳名呢！唉——唉——亲——亲爱的！祝你——祝你的如意！我——我——我去了！

倩玉忍住了好一会子的悲痛，到此便哇地哭了一声，晕倒在地。到得醒来时，伊丈夫还没有回来，忙把那留声机片藏好了。又哭了一回，方始抹干眼泪，仍装作没事人一样。心中又不住地暗暗念着道："我负他！我负他！"

从此倩玉一见伊丈夫出去，就锁上房门，听这留声机片。片中说一句，伊落几滴眼泪。这样一个月，片上都积着泪斑，连那金刚钻针也碾不过去。她对着这机片说了好多的话，片中说的却依旧是这几句，没有旁的话回答伊。后来伊竟发了疯，不吃粥饭，也不想睡觉。见了日影云影，总当是伊的意中人。又常和楼窗外的小鸟说话，问它们可是唤伊的芳名。伊丈夫要把伊送往医院去，伊便大哭大闹，抵死不肯。一天晚上，伊丈夫回来，只见伊伏在桌子上留声机畔，早没了气息。原来伊的一颗芳心，到此才真个碎了！

（原载《礼拜六》第108期，1921年5月7日出版）

两度火车中

　　黄芝生一生的命运，就在两度火车中定了。第一度在火车中，火车失事，他失了记忆力，又失了意中人。第二度在火车中，却又见意中人同着旁人度蜜月去，他就失了心志，变作了疯人。可怜的黄芝生，你为甚么两度上那火车。

　　芝生留学美国已三年了，那一年诗家谷火车失事，他受了伤，不知怎样，昏昏沉沉地走了开去。第二天早上，却躺在市梢一家后园的铁门外边，失了知觉。园主人是个美国少年画家，名唤佛恩，为人很有义侠气。一见芝生负着伤，不敢怠慢，立时扶将进去，一壁请医生替他疗伤。过了好半天，方始醒回来，叵耐记忆力完全失掉了，甚么都记不起来。一连过了三个多月，只是住在佛恩家。佛恩和他很投契，待遇极好。自己作画，唤芝生坐在旁边瞧，借着解闷。这一天他们俩同在后园中，并肩坐着谈笑，各把头仰着天，看浮云来去，好似有许多鸟兽，在那里飞的飞跑的跑一般。一会佛恩忽然问道："你可觉得身中硬朗些么？"芝生道："这几天硬朗得多了，但要回想过去的事，兀的想不起来。想狠了，几乎发疯。"佛恩道："医生说你不久总有回复记忆力的一天，目前不必多想，想坏了脑筋，可不是玩。"芝生道："但我老住在这里，靠着你过活，也不是事。"佛恩柔声说道："朋友，这是小事，你说他则甚？我从一支毛笔上扫出来的，尽够养你这么大的孩子一二打呢。你别恼，好好儿伴着我玩。天气已热了，我要到海边避暑去，明天早上便须动身，你和我一同去换换空气，或者就在路上把你的记忆力召将回来。"芝生道："多谢你的厚意，我可一辈子忘不了的。不想你待一个异国之人，竟能如此热心。我除了感激涕零外，可也说不出旁的话来道谢。"佛恩笑道："算了，说甚么感激和道谢。有力量救患难中人，直是做人一辈子最快意的事，只恨不能常有人给我救罢了。"芝生便也不说甚么，从旁边草地上取起一张新闻纸来瞧，翻到了一处，猛可里像触电一般，脸色立时变了。原来那新闻栏中登着一条新闻道："那中国女留学生中有名的美人卫碧兰女士，昨天和侨居纽约的南洋糖王谢子坚公子小坚君结婚。女士在四个月前曾在诗家谷失事的火车中脱险，艳生生的花容，丝毫没有受损。如今才有这一段美满姻缘，委实是上帝玉成的呢。"芝生看罢，那新闻纸突从手中掉下去，呆了好一会，那脑中却刷地一动，把记忆力恢复了。他记得这卫碧兰是他的意中人。两下里志同道合，十分亲爱的。那一天是礼拜日，他们一同从纽约搭火车来游诗家谷。不想火车在诗家谷出轨，他受了伤，还从覆车下救出碧兰，载将开去。他自己却像醉人一般，颠颠顿顿地走开了。后来碧兰经车站中人送往医院，芝生就倒在画师佛恩的后园门外。自从在覆车下救出碧兰起，他心中便像一片白纸，不知道是怎么一回事。伤愈以后，竟连前事也记不起来。如今猛见意中人芳名，才拨动心弦，恢复了记忆力，只是以下的几句话，可也尽够把他的心儿捣碎了。他呆坐在那里，两眼停注着掉下去的那张新闻纸，一动都不动。佛恩瞧了这模样，很诧异地问道："朋友，为了甚么事，你竟呆过去了。"芝生拾了新闻纸，指着那节新闻答道："如今我已明白咧，以前种种，只算是一场梦。索性使我不再记得，倒也很好。如今一记得，痛苦就来了。"当下他就把先前的事一起告诉了佛恩，末后又道："这一下子，我的一生已毁，可没有希望了。但我还须去瞧她一次，教她知道我没有死，或者再问她到底爱我不爱。她要是说不爱，我可也死了心咧。"佛恩忙道："很好，我不妨伴你同去寻她，瞧她见了旧爱，可要追悔自己不该急急地另寻新欢呢。"芝生想了一想，忽又说道："不行不行，我既爱她，不该再去打扰她，索性由她去伴着新欢，过那黄金的光阴罢。"说完咬了咬嘴唇，眼中湿湿的，似乎已有了泪痕咧。第二天早上，佛恩拉着芝生同往海边去。不道在诗家谷火车中，偏偏撞见了卫碧兰，正同着她丈夫度蜜月，去瞧他们依依不舍，真好似双飞

两度火车中

双宿的蛱蝶一般。碧兰虽见芝生，却似乎不认识了。芝生呆坐在座中，只是向他们呆瞧，到得下火车时，可怜他已变作了个疯子。一二天后，佛恩便到疯人院中去探望他了。

（原载《礼拜六》第130期，1921年10月8日出版）

良　心

　　话说上海城内，有一个小小儿的礼拜堂。这礼拜堂在一条很寂寞的小街上，是一座四五十年的建筑物。檐牙黑黑的，好似涂着墨，两边粉墙，白垩都已剥落，露着衬木，长满了绿苔，仿佛一个脱皮露骨的老头儿，巍颤颤立在那里的一般。两面有两扇百叶窗，本是红漆的，这时却变了色，白白的甚是难看。那窗框子也早脱了榫，歪斜欲坠。当中两扇大门，已不是原配，一新一旧，勉强支撑着，瞧去倒像一个老头儿死了老婆，又续了弦似的。就那屋顶上那个十字架，也黯然失色，懒洋洋向着天，满现出无限凄凉之状。这一座礼拜堂经了四五十年风霜雨雪的剥蚀，在全街许多古屋中要算是大阿哥。每逢礼拜，来祈祷的人很少，不过是二三十个妇人和七八个老人，都是这街中住着的中国贫民。无非是蓝布衣裳黑布裤子，再也寻不到一身绸衣绸裤。只瞧他们脸儿，就写出一派穷苦之象。来时还带着几个拖鼻涕的小孩子，一进了门，就抛石子，弹纸蚱蜢，咭咭咯咯闹个不住。至于那妇人和老人们呢，内中信教的只一小半，其余却是和着兴，借此消遣来的。主持这礼拜堂的是个英国老牧师，年已七十多岁，一部长髯，垂到胸口，白得像银丝一般，头上更白白的，好似堆着霜雪，大家都称他作梅神父。这梅神父道力高深，性儿十分慈善，街中有人生了病，他总得前去探望，好好儿安慰他。倘有人家断了炊，没东西吃，他便向别处化了钱来，分给他们。因此受过他恩的人，都把他当作万家生佛般看待。就这每礼拜来祈祷的三四十人，也都是他感化来的。到了礼拜日，梅神父一清早就到堂中，又带了他女儿来弹琴。这琴也是四五十年的东西，不知道修理过好几十回。弹时做出一种格格之声，活像是老头儿落了牙齿，和着三四十人唱赞美诗的声音，倒像一群乌鸦，聚在一处乱噪似的。除了这礼拜日外，堂中却鸦雀无声，静悄悄的好似一座挺大的古坟。街中人都忙着挣饭吃，没有工夫上礼拜堂来。连那墙上挂着的耶稣基督圣像，也现着我倦欲眠的样子。门儿镇日价关着，并没人影，却造化了蝙蝠、耗子，在里头打起公馆来。那梅神父是个很虔诚的人，不论天气阴晴，总到堂中走遭。一则向圣像祈祷，一则洒扫圣坛，从没一天不到的。他来时总在傍晚六点钟，有一定的时候。这是他每天的刻板课程，毫不变动。礼拜堂近边人家，一见梅神父白发飘萧，从斜阳影里慢慢儿走来，便知六点钟已到，家家预备夜饭。十多年来，天天如此，倒比了天文台大时钟还准确咧。

一天正是十二月某日，风雨萧条，阴寒砭骨。那风丝雨片中，还夹着些雪花，霏琼屑玉般飘着。沿街的化子和野狗，都在雨雪中瑟瑟地乱颤，可怜冬天又到了。正在六点钟光景，梅神父撑着一顶半新旧的蝙蝠伞，一路从大街上走来，一壁低着头，抵住那扑面的冷风。但

良　心　　　　　　　　　　　　　111

他那身黑色的法服上，已沾满了雨丝雪花。他的寓所，去礼拜堂约有两里光景。在旁的人呢，像这种天气，定要恋着火炉，裹足不出，决不肯冒着风雨上礼拜堂来。但这梅神父却是个一点一画的人，不肯为了天气破他的常规。别说下雨下雪，任是天上落下铁来，他也依旧要出来的。那时他一路走，口中低低祈祷着。大街中有几家酒店，都聚满了酒徒，酒臭菜香和豁拳谈笑的声音，都从门罅里逗将出来。梅神父暗暗叹了口气，想这是制造罪恶的所在，怎么如此热闹。正走过一家时，猛听得里边起了一片打架之声，又一阵子大骂，话儿甚是龌龊。梅神父长叹了一声，飞一般逃了开去，到礼拜堂时，恰是六点钟时候。轻轻地开了大门，正襟而入，只惊动了那些耗子、蝙蝠，没命地逃了个干净。当下他自管踅到那圣坛前面，伸手在圣水中浸了一浸。猛觉得有人跪在那里，倒吃了一吓，忙从怀中掏出火柴，把坛上一盏圆灯点了起来。就那淡红的灯光中瞧时，见有一个工匠模样的人，跪在坛前。穿着一身灰色爱国布短衫裤，头上戴着一顶鼻烟色毡帽，口中呢呢喃喃的，不知道说些甚么。梅神父打量了一会，便开口问道："我的朋友，你在这里做甚？"那人一听得这仁慈的声音，又见了那灯光，就回过头来，接着却呆了一呆，一时作声不得。梅神父仔细一瞧，见是一张很诚实很忠厚的脸儿，眉宇之间并没一点浮滑气。瞧去还觉得眉清目秀，不像是个粗犷的工人，估他年纪，约在三十左右。想他为了甚么事，却在这傍晚时候，冒了雨雪，赶来祈祷。难道像他这么一张忠厚诚实的脸儿，也做下了甚么亏心的事么？想着，又柔声下气地问道："我的朋友，你到这里来为了甚么事？"那人抬着一双水汪汪的泪眼，注在梅神父脸上，啜嚅着说道："爷爷恕我，爷爷恕我。"梅神父忙道："你别唤我爷爷，只唤我神父好了。"那人点着头向当中那幅耶稣基督圣像望了一眼，又啜嚅着说道："爷爷……神父……我又唤错了，请你见恕则个。我原不是你们教门里的人，因此也不明白你们教门里的规矩。只是平日间听得隔壁卖旧书的张老伯伯说，我们要是犯了过失，或是做下了甚么不安心的事，只消去告诉上帝，上帝都能宽赦我们的。今天我就为了这个，特地冒了风冒了雨冒了雪赶来，想把我的过失一五一十告诉上帝，求上帝恕我。这一件事在我觉得很对得起良心，并没有做错。只不知道为甚么这颗心却兀是安放不下，倘再闷在肚子里不说，怕要发疯咧。"梅神父瞧他一脸子的忠厚气，委实猜不透他犯的甚么罪，便赤紧地问道："你到底做了怎么一回事，快和我说，我能助你忏悔。"那人蹲在地上，忕楞楞地抖了一会，才颤声答道："神父，说来你别吓，我是个杀人犯，曾杀死过一个人。"梅神父不听犹可，一听了这话，禁不住怔了一怔，白瞪着两个老眼，停注在那人脸上，移动不得。暗想十多年来，到这里来忏悔的果然不少，大都是为了偷偷摸摸的小事，却并没有杀人犯到来。今天要算是破题儿第一遭咧，只瞧他模样儿，却不像是杀人的凶手。谁也知道他这一副忠厚诚实的脸壳后面，却藏着一团杀气，那一双摩挲圣坛的手，却涂过人家的血。这么说来，世界上善恶两字，竟不能在皮相上分辨，须用了哀克司光镜照人的心脏了。他想到这里，不住地咄咄称怪，一面又悄悄地说道："我的朋友，你快当着上帝细细说来，上帝的一片慈心，宽大无边，或能恕你呢。"那人又在地抖了一阵，才嘶声说道："如此我说了，不过我觉得这事很对得起良心，是凭着良心做去的。只不知道上帝和神父听了，又怎么样。我姓沈，名儿叫作阿青，是个泥水匠，今年三十一岁。八年以前，我便跟着一个好友，同到上海。这好友委实二十年的老知己，从小就和我在一块儿玩，那时我们都在乡下，整日价好似没笼头的马，到处乱跑。不论到哪里，彼此总在一起。论我们的玩意儿，也四季不同。春天探鸟窠，夏天游小河，秋天捉蟋蟀，冬天塑雪人。不论玩甚么，彼此也总在一起，所以我们俩好似扭股糖似的，天天扭住着。别说是老知己，简直比了人家亲兄弟亲热得多。他姓陈，名唤阿利，脸儿很俊，身体也很壮硕。我对着镜儿自己照照，总觉比不上他。十四五岁上，我们一同投在一个泥水匠门下做学徒。他身手灵捷，着着争先，不到一年，居然跳出了学徒的圈儿，取薪工做伙计了。但我却像蜗牛缘壁一般，进步非常迟慢，辛辛苦苦做了两年，仍是原封不动地还我一个学徒。阿利性儿很温和，并不小觑我，他的心也像托在胸前，不是藏在心房里头的。平时待我总用真情，毫没假意，我得了这么一个好友，得意万分。又为他年纪比我大一二岁，便当他是自己亲哥哥看待。我爱他，又羡慕他，有时他和我玩笑，拍着我背儿唤我笨伯，我不但不生气，反觉欢喜。

我一连做了三年的学徒，才算完毕，和阿利一同出了师父的门，同到上海，上一家大水木作去做伙计。到此我的本事已不输阿利，他能做甚么，我也能做甚么。至于我们两人的情谊，依旧像从前那么亲热，一天到晚，彼此厮守在一起，有说有笑，分外兴头。他有甚么工事做不了，我总竭力助他，我有做不了的事，也总央他相助。不过到了晚上，两下才分手自去。阿利性情活泼，喜欢作乐，加着老子娘都死了，肩上不挑担子。一到了黄昏时候，他自有一班朋友合伙儿玩去。只我却没有这个福分，因为家里有老母在着，又生着病，我每月得了薪工，除去自己费用，便积下钱来寄回家去。可是做了儿子，不能不尽做儿子的一些心意。我倘一个人自管作乐，可不要把母亲饿死病死么？因此上阿利有时约我去玩，我总谢绝不去，他也很体谅我，并不相强。时光容易，一年又过去了。

"我到了上海，没有宿头，阿利和旁的朋友们借了人家一个楼面住着，我却将就住在一个卖花妇人家里，费用比他们节省。每月连吃饭不过两块多钱，那卖花妇人是个寡妇，怪可怜见的。大清早忙着出去卖花，换几个苦钱，我住在她家，饭菜虽不见好，只想这两块多钱，在他们也算得个小小进款，我不妨迁就下去。还有一层，我这颗心已给那寡妇的女儿牢牢拘住，再也分不开去。那女孩子玲珑娇小，芳名叫作小灵，真是有名有实，十全十美。估她年纪，不过十七八岁，一张鹅蛋脸儿，虽不搽胭脂，却是活色生香，好像贴着粉红的蔷薇花瓣儿。但瞧那一双媚眼，也水汪汪的着实有趣。你倘把眼睛和她接一接，灵魂儿怕就飞去半天咧。加着她又是苏州人，苏州女孩子的口气，又最是动听。她张开了樱桃口儿说话时，那声音娇脆得甚么似的。记得从前春天探鸟窠时，听得黄莺儿在杨柳荫中呖呖娇唱着，似乎还比不上那小灵的好声。她的性儿又很温和，很孝她母亲，就待我也非常亲切，仿佛兄妹一般。我只听她叫一声阿青哥，心儿就别别别跳个不住。这样一天天和她相见，就不知不觉爱上她了。然而一连三年，我却不敢把心事告诉小灵，只闷在肚子里，打熬着万种相思之苦。一则生性胆小，不论做甚么事，总有些蝎蝎螫螫的；一则进款太薄，除了两块多房饭钱和零星费用外，多下来的钱都须寄回去给母亲，可没有闲钱娶老婆。为了这两件事，我兀是不敢和小灵说情说爱，可是话儿一出了口，将来可收不回来咧。哪知我正在心儿热热的时候，可怜母亲斗的撇下我上天去了。我一得这凶信，何等悲痛，足足哭了好半天，才回去把母亲殓了。守了一个月丧，才又回到上海，依旧住在小灵家里。到此我灰了一百心，也不想甚么爱情不爱情。接着过了一年，我每月不用把钱寄回家去，倒积下好几十块钱来。眼瞧着那花朵儿似的小灵，如何不动心。一天上正是鸟啼花放的春天，到处都带着春气。小灵母亲贩了一篮的鲜花大清早就出去了，小灵却在窗前洗衣服，露着两条粉藕似的臂儿，又嫩又白。一头青丝发，微微蓬松着，在晓风中拂拂地飘动。半窗太阳，放着胭脂的光儿，照在小灵羊脂白玉似的脸上，真好似个活观音咧。当下我硬着头皮，走将上去，低低喊了声'灵妹妹'。喊了一声，又咳了几声嗽。小灵不知道我要说些甚，又见我脸儿涨得猪肺似的，便吃吃地憨笑起来。我又挣扎了一会，才把三年来爱她的话说了，接着又迸起了一股勇气，向她求婚。小灵一听这话，粉腮子欻的一红，忙从水中拖起两条玉臂来，羞人答答地背过脸去。我赤紧的再和她说，她却老关着樱桃小口，兀不

喜相逢

作声。既不说肯，也不说不肯，我没法儿想，只索搭赸着趄了出来。这天完了工回来，我放大了胆，又把这事和小灵母亲商量。她老人家平日里很瞧得上我，说我忠厚诚实，一辈子不会落薄，经我此刻一说，居然满口答应。一壁她又悄悄地去和小灵商量，不想小灵也有情于我，香口中竟吐出愿意两字来。我见好事已成，好不快乐，这夜做了一夜的好梦，仿佛见小灵已穿着红衣红裙做新娘子了。以后一个月中，我这心似乎浸着蜜糖，分外得意。瞧小灵待我，虽和以前没有甚么分别，仍当我哥哥般看待。只想将来结婚之后，定能把兄妹之爱变作夫妇之爱，尽耐心儿守着好了。

"定亲以前一礼拜，我便把这事兴兴头头告知阿利。可是除了阿利，我并没旁的好友，加着这一件天大的喜事，在肚子里委实包藏不住，说了出来，方才舒服。阿利一听，也替我欢喜，口口声声向我道贺。且还和我开玩笑，说要先瞧新娘子。我和他既像兄弟一样知己，这一些小事，自然答应下来。况且小灵是个天仙女模样的人，我也很要显宝似的显给阿利瞧瞧。第二天上，就带他去见小灵。这一见，那晦气星便钻进了我天灵盖，我所犯的罪，也就在这天下了种子。你老人家料事如神，想能猜透后来的变局了。大凡女孩子生长闺中，究竟少见世面，不明世故。倘有了三分姿色，更是危险。她们的心，既不能放定，她们的眼光，也不能放远。今天见了这个，便爱这个，明天见了那个，却又爱那个，正和小孩子弄耍货，一得了新的，早把旧的抛开了。那阿利我原说过，是个脸儿很俊身体很壮硕的人，说话又漂亮，能把死的说成活的。叫他应酬妇人，也是一等的名工。我自问三四年来，做泥水匠的本事已不输他，只是这几件事总比不上他。蹩脚的骡子，怎能和马比跑呢？那天阿利和小灵见面，正叫作不是冤家不聚头。不知道是谁在暗中捣鬼，竟把他们的心牵动了。从此他们俩你恩我爱，常在背地里会面，倒把我冷冷地抛在一边。我却装聋作哑，仍然赤胆忠心爱着小灵，要使小灵自己明白，渐渐儿回过心来。到得定亲的前一天，我已向银楼中配了两式金饰两式银饰，很兴头地带回来给小灵瞧，想借着这黄澄澄白晃晃的，换她一个笑脸。谁也知道不但不笑，却斗的掉下几颗珍珠似的泪儿来，一壁呜咽着说道：'阿青哥，请你恕我则个，这些东西你留着给旁的女孩子受用，我可不能做你老婆了。阿利爱着我，我也爱着阿利。'唉，神父，到此我还有甚么话说，只索忍痛把那劳什子藏好了，心儿里顿像有几千把快刀在那里乱戳，眼中也热烘烘的险些儿掉下泪来。唉，至此我可没有法儿想。我既爱小灵，又爱阿利，倘要拆散他们姻缘，原很容易。但我却没有这一副铁石心肠，苦苦想了三日三夜，总想不出甚么好法儿。临了我反做了个媒人，把他们俩撮合拢来。只是阿利向来是作乐惯的，钱儿到手，就像泥沙般用去。所以到了上海三四年，并没多下一个大钱。如今要和小灵定亲，又苦的没处张罗，我和他既是好友，哪能不尽力相助。于是把那新办的四件首饰，全个儿借给了他。可是我已没有心爱的人，也用不着这劳什子了。三个月后，我又把余下的钱借给阿利，助他结婚。一面又办了两份礼物，送给他们两人，暗暗向天祝告，使这一对有情人百年和合，多福多寿多男子。我虽满肚子的不快乐，也不得不咽了眼泪，勉强装出笑脸来。这时正是八月半亮月团圆时节，他们两口儿便欢天喜地地结婚了。这一件事，我觉得很对得起他们，也很对得起我自己良心。神父，你想可不是么？结婚后一年中，他们俩都很快乐，我却冷清清地一个人过着伤心日子。眼瞧着他们甜甜蜜蜜，好不难堪。第二年冬天，小灵便生了个儿子，门庭里头更腾满了喜气。只可惜阿利却着魔似的竟走入邪路去了，夜夜仍和朋友们在外边乱逛，不但喝酒看戏，更大嫖大赌。他这人本来很活泼，不受束缚，有了妻子，在他就好似上了脚镣手铐似的。先还耐着过了一年，便忍耐不下，他胡闹了三个月光景，不但把薪工使用干净，反又欠了一大笔钱。既没有半个钱给小灵，又把小灵的四件首饰偷了去，等到事儿发觉，东西早插着翅儿飞进长生库去了。阿利回来时，小灵少不得哭哭啼啼，问他要回东西来。阿利动了怒，竟动手把小灵打了一顿。我瞧他们这种情景，心如刀割，那阿利的拳儿着在小灵身上，倒像打碎我的心一般。一天我在工场中，便悄悄地把阿利劝了一番，劝他归心向正。叵耐阿利这时早忘了我们朋友的情分，哪里肯听。他有时没钱，却还向我挪借，我倒不能不借给他。有时我捉空儿到他家里去，只见结婚时所办的家具，早卖去了一大半。可怜我花朵儿似的小灵，已像一枝半谢的桃花，十分憔悴。见了我时时淌着泪珠儿，掉在那小孩子脸上，只是懊悔也来不及了。

"这样过了一年，小灵已吃尽万般苦楚。我怕她见了我心中难堪，不敢去瞧她。只不去瞧她，偏又记挂着，整日价牵肠带肺，很不得劲儿。趁着晚上阿利不在家时，总到她家门前兜个圈子，见小灵和她儿子都好着，心上才安。临去总把一二块钱塞在那孩子小拳里，给她们母子俩买些儿东西吃。这一件事，我自问也很对得起良心。神父，你想可不是么？谁知我正做着这良心的事，阿利却又凭空妒忌我，说我是他浑家的老相好，此刻仍在暗中来往。又说了许多很龌龊的话，把我一阵子臭骂。唉，神父，我虽是个下贱的泥水匠，决决不肯做那种不要脸的事。况且小灵也很知正道，像观世音一般清净，这种事也万万不肯做的。光阴如箭，眨眼儿又是一年。阿利已变得穷凶极恶，直好似陷进了地狱。三年来所欠的债，已在五百以外，本钱既不能还人家，连每月的利息也不付。债主不肯干休，天天来逼他，要拉他上衙门去。阿利没法儿想，就想出个卖老婆的法儿来。该死的阿利，哪里还有良心，要是有良心的人，哪里会做这种没良心的事。这天我恰带了两块钱去探望小灵，小灵就哭着把

良 心

123

这事告诉我，急着要觅死。我好好儿安慰了她一番，没精打采回到自己家里。那时小灵母亲早已死了，我另租了一间小屋子住着。这夜我通夜没睡，兀在床上翻来覆去，想着法儿。只是想到了天明，依旧没得计较。可是我又没有这五百多块钱，替阿利还债，要救小灵，简直比登天还难。第二天我又出去做工，阿利也在一处，这当儿我们正包造一座三层楼房，将近完工。这天我和阿利正砌那顶楼上高墙，各自立在一乘长长的梯子上，相去不过一尺左右。十二点钟时，旁的伙伴们都吃中饭去了，我们俩为了一角没有砌好，正忙着砌。阿利忽地停了手，冷笑着向我说道：'阿青，你一向爱着小灵，小灵也爱着你。这小蹄子生成贱骨，不配做我浑家，我索性送她进窑子去，尽她作践。你既爱她，以后天天上窑子去逛好了。今天晚上我就须写卖身单子，把她送去换他六百块钱，也是好的。'说着，张开了血盆大口，一阵子傻笑。我咬着牙齿勃然说道：'小灵是个天仙女，谁也配不上她。你这天杀的恶鬼，合该下十八层地狱去呢。'那阿利听我唤他恶鬼，却生了气，斗的伸手要打我。我这时直把他恨得牙痒痒的，猛可里起了个杀念，想今天倘能葬送了他，就能救得小灵。为了小灵份上，我可顾不得甚么了。便趁他伸手过来时，用脚向他梯子上狠命踢了下去。接着就听得拍跶一声，那梯子连着阿利一古脑儿栽将下去。这一跌足有四五丈，甚是利害，眼瞧着阿利头破血流，一声儿不响地死了。我待了一会，才赶下梯子，去唤伙伴们来瞧。大家只道他自不小心，并不疑到我身上。阿利一死，自然保全了小灵，这一件事我自问很对得起良心。就我杀死他，也凭着这一点良心呢。"

那人说到这里，略停了一停，抬起眼来，向那耶稣基督圣像瞧着。梅神父听了他一大篇话，心儿甚是感动，忙又问道："如今那小灵怎么样，可嫁了你没有？"那人正色道："小灵可不是那种水性杨花的妇人，我也不敢做这种丧尽良心的事。阿利死后，我依旧和从前一模一样，隔了两天三天就带些钱去探望小灵，更瞧瞧她儿子。唉，可怜可怜。"梅神父道："如此你可娶了没有？"那人摇头微叹道："除了小灵，没一个人瞧得上眼。我已打定主意，一辈子不娶了。只不知道为甚么，从阿利死后，我心中兀是不安，晚上常做恶梦，不能安睡。打熬了好久，才听了隔壁张老伯伯的话，来求上帝恕我的罪。神父，你瞧上帝可能恕我么？"梅神父低着头，老泪纵横，呜咽着答道："好一个有良心的人，上帝定能恕你。"这时那圆灯的红光，正亮亮地照在那人脸上，便微带着笑容，像要登仙去咧。

（原载《小说月报》第9卷第5号，1918年5月25日出版）

旧　恨

　　西湖上僧寺尼庵是很多的。梵贝声声，常腾在湖面清波之上，和那些轻舟荡桨声互相唱和。单表涌金门内，有一座尼庵，叫作正觉庵。庵中住持是一个老尼，叫作慧圆，今年已七十岁了。拜佛念经，已消磨了她五十个年头。湖上众尼庵中，要算她资格最老。大家也知道她是个笃志的佛弟子，对于佛事是再虔诚不过的。

　　这一天是三月中暖和的日子，慧圆师太做了日常的功课，在院子里晒太阳。手拈佛珠，口中不住地念着"阿弥陀佛"，接连也不知道念了几千遍了。末后那太阳已在西天沉下去，一道道黄金色的光线，照在院中几株白桃花树上，把那白桃花的瓣儿也染了黄色，仿佛在那里微微地笑。小鸟啾唧上下，啄那落下的花瓣；有时互相争啄，啾唧声便闹成一片。经堂上时有磬声，"镗"的一响，仿佛打到慧圆师太的心坎上，使她忘却一切尘世的烦恼。就这一个院子，此时也像变作天堂的一角了。但在半点钟前，慧圆师太却听得了一段很凄惨的话，所以她这时口头虽念着阿弥陀佛，心中却酸溜溜的，老大的不得劲儿。原来前天庵中来了一个新披剃的小师太，拜她为师，法名叫作小慧。这小慧出落得花容月貌，年纪不过二十三四，本来是城中黄公馆里的小姐，嫁与一家姓沈的，真个郎才女貌，再美满没有了。哪知天妒良缘，结婚不到一个月，她丈夫忽地害病死了。她心碎肠断，万念皆灰，抛下了锦绣衣裳、珠钻首饰，剪去了青丝，换上了袈裟，竟在这尼庵中留下了。任是她老子娘和翁姑们苦苦拦阻，全都没用。可怜这一枝艳生生的好花，从此就在蒲团经卷间讨生活了。慧圆师太就听得了这么一段惨史，心中不知怎的，竟有些难受起来。这当儿她耳听着鸟声啾唧，眼瞧着斜阳渲染的白桃花，禁不住把前尘影事，一起勾摄了起来。虽然隔了五十年，她心上还是清清楚楚的。可是五十年前，她也是一个红颜绿鬓的姑娘，活泼泼的，享受那妙年时代应得的幸福。到得她情窦既开识得情爱时，她也就蹭进情场去了。她的意中人姓刘，名唤凤来，那时刚经高等学堂中毕业出来。两下里只经得两度会面，就发生了情爱。他们的处境很好，情海中一帆风顺，毫无波澜。又经了两家父母的同意，彼此订婚了。他们都是苏州人，生长苏州，订婚后，凤来想闲居在家可不是事，就挟了一张高等学堂的毕业文凭，到上海去谋事情做。谁知上海地方竟像是青年的陷阱，心志不坚的往往要堕落下去。凤来本是心志不坚的，到上海后结交了几个无赖朋友，镇日价狂嫖滥赌，不但不找事做，反常常寄信到家中去要钱。他父亲先还汇了几回钱去，末后知道他在外荒唐，也就置之不理了。他母亲托人到上海去找他回来，他却避走了。手头既没有钱，可就为非作恶，鼠窃狗偷。一天上海报纸的本埠新闻中，忽登着一节新闻，说有苏州少年刘凤来，流落在沪，前天因取了一家银行中的空白支单，向十多家商店中冒取货物，给包探查到捉将官里去，判了西牢一年的监禁。那时慧圆的父亲在茶馆中看见了这报纸吓了一跳，回去便含着两包子的眼泪向女儿说，一壁向刘家去退婚。慧圆一得这消息，伤心已极，就晕过去了，接着病了好久。病中兀是记挂着凤来。心想自己一生所爱的，除了父母以外，就是这一个刘凤来，一生希望也全在凤来身上。不料他竟堕落这般田地！父亲虽向他家退婚，但我既专爱这人，更有何心再去嫁旁的人？于是打定主意，削发空门。那时她正在预备嫁时衣，便一起剪破了。病愈后，竟趁着她老子娘不在家时，一个人往杭州去，投身在这正觉庵中，剪下了万缕青丝发寄回家去。他老子娘拗不过她，只索听她，不过时常来探望探望罢了。从此以后，她就借着这尼庵四堵高墙和那繁华的世界隔绝，寂寂寞寞，过这无聊的岁月。把她的心儿魂儿，全都贯注在经卷上，竭力忘怀她那件刻骨伤心的事。可是她既然自愿来做尼姑，要借这尼庵做个埋愁之地，对于拜佛念经这些事自然比旁的尼姑勤恳得多，因此庵中住持最器重她，百事都得和她商量。末后住持死了，临终时就把这庵交给她。她进了庵十年，老尼姑都死，刘家也早已割绝，没有甚么消息，刘凤来更不知道哪里去了。如今她在庵中已做了三十年的住持，仗着那些信佛的奶奶太太们往来得勤，香火十分旺盛。她吃饱着暖，倒也无忧无虑地过去。她的那颗心，也变了个古井不波，再也不想起刘凤来了。只为今天听了小慧的一段惨史，不觉连带着想起自己的事来，心头起了一种说不出的奇怪感觉，一时推排不出。当下便悄悄地自语道："唉！小慧！还是你有幸，一抔黄土，掩住了你丈夫的骸骨，那一缕幽魂，可已到西方极乐世界去，可怜我做了大半世的人，还不知道那人的下落咧！"说着，老眼中润润的，几乎滴下泪珠儿来。

正在这当儿，她忽地记起前天妙灵庵中的住持来说，今天有一位法名静因的普陀山高僧到家来，顺便参谒各庵，大约傍晚六七点钟要到这里来。眼看着斜阳将尽，暮烟欲然，似乎正是这时候了。当下便立了起来，撑着拐杖向外边经堂走去。走不到几步路，却见那小慧匆匆赶来，说那普陀山的静因和尚已来了，先在经堂中礼佛，再来拜见师父。慧圆不敢怠慢，即忙到经堂中去。

果然见一个白须白发的和尚正跪在当中一个蒲团，喃喃念经。听了那声音，慧圆的心中顿时一动，想这声音怎么很熟，十停中倒有六停像那五十年前的刘凤来。不要我今天偶然想起了，耳朵便来作弄我么？到得那高僧念罢了经，起身回头时，四个眼睛忽在长明灯下碰了个正着。面貌虽有变动，这眼睛是变不了的！那高僧低低地说了声"咦"，退下一步，似乎打战起来。这边慧圆却微微一笑，念了声"阿弥陀佛"，扑倒在面前一个蒲团上。小慧即忙赶上去瞧时，见她师父已圆寂了。

（原载《礼拜六》第 155 期，1922 年 4 月 1 日出版）

千钧一发

天已亮了好一会了，门前的一树垂杨上，喜鹊儿一阵子乱噪，一丝丝的日光，红如胭脂，照在那玻璃窗里，只见靠窗坐着一个二十五岁左右的女子，低垂粉颈，在那里做活计。瞧她的容貌，虽不能说是闭月羞花，却也带着几分秀气。只是玫瑰花儿似的玉靥，白白的如同梨花；羊脂白玉似的纤手，只为多操家中苦役，又粗又红；两个眼儿，本来也配得上秋波凤目那种名称，只为早起晚眠已失了神，仿佛秋波上笼着一重薄雾的一般。身上的衣服半新不旧，朴而不华，洗濯得却甚是洁净。便是这一个小小儿的房间，东西虽不精美，也位置井井，洁无纤尘，足见她家政学是很精明的呢。看官，要知道这女子原是女学堂里出身，名儿唤作黄静一，着实有些儿才学。她丈夫是个小学教员，名唤汪俊才，文学界上，倒也薄负微名，只可怜怀才不遇，没有人家请教，没奈何只得投身小学校里，充一个国文教员，每月赚他二十五块钱的薪水，同他老婆俩过这茶苦生涯。幸而黄静一是个明理贤惠的女子，从没有一丝怨怼之色，整日价忙忙碌碌，不肯休息。早上一清早起身，替人家做活计，赚几个苦钱，贴补贴补柴米之费，使丈夫肩头也得轻松一些。至于一切家事，也一力担任，不辞劳瘁，买东西咧，淘米咧，洗菜咧，烧饭咧，几乎忙得发昏。这些琐事弄清楚了，便又忙着做活计，直要做到夜深人静，十指纤纤，没有停的时候。她丈夫见了，不免疼惜她，总说："静一，你忙了一天，已辛苦极了，快些儿睡罢。"她便从灯下抬起头来，竭力张大了两个眼儿，向着她丈夫，答道："吾一些儿也不觉得疲倦，你不见吾两眼还张得大大的，很有精神么？"看官，其实她眼儿里两个瞳仁，手上十个指儿，都在那里叫苦咧。汪俊才见他老婆如此贤惠，自然感激，黄静一却益发奋勉，夫妇间的爱情于是乎更见浓密了。

这也不必细表，且说黄静一做了一会活计，忽听得大自鸣钟镗镗地打了八下，便从窗前立起身来，穿了裙子，提了筐儿，反锁了门出去，姗姗地直到八仙桥小菜场上，买了些肉和菜，化了一角多钱，回到家里，走进厨房，放下了筐儿，就入到房间之中，坐在窗前，捉空儿取起那当日的报来瞧。原来她一切日用都肯节省，惟有这每月八角的一份报钱，她总先在预算表里开明，万万不肯省的。静一瞧了半晌，刚瞧罢欧洲大战争的路透电报，猛听得门上起了弹指之声，便丢下报纸起身出去开门。门开时，只见外边立着一个二十七八岁的少年，长长的身材，约摸有五尺五寸左右，面色微黑，似乎刚从远方回来的一般，身上衣服穿得煞是阔绰，手指上带着一个挺大的金刚石指环，逼得静一眼花缭乱。当下他带笑说道："静一，你可还记得从前和你母家同居的傅家驹么？"静一娇呼道："呀！家驹君，久违了！"傅家驹又笑着说道："吾此来可不是出于意外么？"一壁说，一壁早已走入室中，静一也只得跟着进来，问道："家驹君一向在哪里？出门了差不多四五年，毫无消息，你家里的人也都当你客死在外边咧。"傅家驹得意洋洋地语道："不但没有死，并且很过得去，这四五年里已弄了好几个钱。如今的傅家驹，已不是往年你所知道的傅家驹了。不瞒你说，吾出门时，身边一古脑儿但有五块钱，此刻却满载而归，总算每年也有五千块钱的进款。"说着把手扬了一扬，那金刚石指环的光儿便闪闪四射。静一道："只你一向到底在哪里？"傅家驹道："这四五年来一向在南洋群岛营商，并没到旁的地方去。"静一道："但是你那年为甚么一声儿也不响，就飘然而去了？"傅家驹道："吾们同居了有两个年头，吾的心谅来你总有些儿明白，两年来一意要想和你白头偕老，结一对美满的鸳鸯，不道吾还没开口，却听得你已和汪俊才订了婚了。吾心里好不难过，眼见得自己的禁脔，被人家一口衔了去，却想不出甚么法儿来夺回来。失望之余，不愿意再老等在家里，眼瞧你们俩结婚，于是发一个狠，悄悄地往南洋群岛去咧。"静一道："承你垂爱，感激之至。然而那时吾却如在梦中，一些儿也不知道呢。"傅家驹道："如今吾倒要谢谢你，当时要是没有这样一激，怕依旧是个江海关里的书记生，哪里有这每年五千元的进款？"说时，笑了一笑，在一把椅儿上坐了下来。接着把那一双眼儿骨碌碌向四下里一溜，慢吞吞地说道："你们的景况似乎不甚佳么？吾知道你芳心中也一定很不自在呢。"静一微笑答道："吾心中倒很觉自在，一些儿也没有不适之处。"傅家驹道："俊才一向可好么？"静一点了点头，说道："多谢你垂询，他很好。"傅家驹又道："他的脾气也依旧和从前一模一样么？吾记得他每天七点钟慢吞吞地上学堂去，午后五点半钟慢吞吞地回到家里来，不喝一滴酒，不吸一口烟，礼拜日只老坐在家里，闭关自守，两眼不离书籍，这怪脾气可是仍然没有改么？"静一道："仍然如此。各人自有各人的性格，原不容易改变的。"傅家驹道："他学堂里的薪水可加了些没有？"静一道："每月仍是二十五元，因为那学堂里经费甚是支绌，这数目已算是大的咧。"傅家驹摇头道："吾以为他老做这每月二十五元的小学教员，总不是个事体。在于他一方面倒没有甚么，可是他是个怪人，多赚了钱也没有使处，只苦了你。"静一道："吾倒也不觉得苦，那牛衣对泣的光阴，个中自有乐趣。"傅家驹不语了一会，才问道："你们两口儿订婚之后，过了多少时才结婚的？"静一道："差不多过了一年，方始结婚。"傅家驹道："吾总不明白你为甚么赏识一个穷书生，竟肯委身下嫁，过这清苦的日子！"静一道："吾从前读书时代，就抱着一个志愿，不嫁则已，若要嫁，总要嫁人，不要嫁钱。吾嫁俊才，便是嫁人，有了才，不怕没有飞黄腾达的日子，此刻不过在雌伏期中罢咧。将来难道不能雄飞么？"傅家驹笑道："好一张利口，吾竟说不过你。只吾替你想，俊才出去之后，一天到晚独自一人在这屋中，未免太觉寂寞。何不出去走动走动，你同学、闺友不是很多的么？"静一微喟道："咳，家驹君，你不知道其中难处。俊才每月所入不过二十五元，一日三餐和衣服、房金都取给于此，你想还有余钱给吾和闺友们去酬酢么？加着吾还须做做活计，贴补贴补，也没有余暇呢。"傅家驹道："这个未免太苦了，像你这样花儿似的珊珊弱质哪里禁受得起？一天到晚你到底要做多少事！"静一道："吾一清早五点钟起身，草草梳洗过了，便做一会活计，等俊才起来后，就去烧粥给他吃。他一上学堂去，吾便又抽空做一会活计，听得大自鸣钟打了八下，忙到小菜场去买小菜，回来看了一张报，于是淘米洗菜烧饭，忙了好一会，饭后好在没有甚么旁的事，只做那活计。夜色上时，就丢了活计烧夜饭。用过夜饭，俊才坐着看书，吾再做活计，直到一二点钟，外边都静了，方始安睡，吾一天的功课到那时总算完了。"傅家驹摇头道："太辛苦，太辛苦！这样做去，简直像牛，不像是个人咧。你总该寻寻快乐，剧场里头也不妨去走走。"静一道："去年俊才的朋友周瘦鹃，曾送给他两张新民新剧社的优待券，他便同吾去瞧了一夜天笑生的《梅花落》，以后却没有去瞧过，一则没有余钱，二则也没有余暇呢。"傅家驹默然无语，把两眼兀是注着静一，心想不料这花容失色横波无光的小学教员之妻，便是四年前女学界中的花冠，人人所倾倒的黄静一。从前何等艳冶，何等活泼，如今却憔悴得几乎不成样儿！红颜易老，能不使人生今昔之感？想到这里，不觉叹了一口气道："咳，改变得真快呢。"静一不知道他话儿里含着甚么意思，也搭讪着说道，"不错，世界上万事都改变得很快。"傅家驹道："只吾想俊才必须生色些才好，若是老赚这二十五块钱，吾怕你一辈子不能出头呢。"静一点头道："只消俊才加些儿薪水，或是进中学堂去充教员，家里便能宽绰得多了。"

傅家驹低头瞧着地板，停了好一会，才抬起头来说道："今天吾想同你一块儿去用一顿丰腆的中膳，舍妹也很要见你呢。"静一夷犹不语，想这事倒有些尴尬，不去未免有负他盛意，去倘被俊才知道了，一定不以为然。沉思了半晌，终不能决定，却听得傅家驹又说道："上海的西菜馆，卡尔登是很著名的，吾就同你到那边去用一顿极丰腆的西膳，膳后再去看戏，今天礼拜六，日戏也很有精彩呢。"静一不住地绞着那白洋纱手帕，嗫嚅道："多谢你的盛情，只吾怕不能从命。"傅家驹："同吾去吃一顿饭，看一回戏，打甚么紧，吾可不会拉了你逃之夭夭呢。今天中膳你预备了甚么菜？"静一道："吾买了一角钱的肉和四铜圆的白菜。"傅家驹摇头道："这个如何能下饭？何不同吾去尝尝上海第一西菜馆里的东西！"静一沉吟了一会，想偶一为之，也不妨事。大家不过借着酒食，谈谈旧事，朋友间是常有的，于吾道德上似乎没有甚么妨碍。况且他妹子也一同去，不至于惹人注目

喜相逢

呢。当下便笑吟吟地说道："家驹君，如此吾扰你了。请你等一下子，待吾去换一件衣服，像这个样儿可上不得台盘。"说罢，如飞而去，正如往年做女学生时，听得先生们说要出去踏青，顿时兴高百倍，觉得身体也轻了许多。

她到了内室，一壁换衣服，一壁还低低地在那里唱，樱唇里细细地透出一种曼妙的歌声来。可怜她一年来劳心劳力，没有甚么兴味，今天委实是第一回唱歌呢。那时傅家驹却正在外边掉头叹息，嘴里喃喃自语道："可怜的女孩子，这种苦日子，如何能过，真亏她的！"说时，举起眼儿来向四边瞧，见一切器物都很简陋，收拾得却极清洁，足见她倒是个治家的能手。正在那里东张西望，静一已如飞而来，气嘘嘘地说道："这衣服还是三年前的嫁时衣，已不时路的了，但是吾所有的好衣服惟有这一件，也不能管它时路不时路咧。"傅家驹立将起来，含笑说道："横竖你生得一副倾国倾城的玉貌，便是乱头粗服，也自饶妩媚，正不必靠着衣服装点。吾往往见上海一般无盐嫫母似的妇人家，偏偏浓妆艳裹，珠围翠绕，袅着头在南京路上走，卖弄她的衣饰，她却没有想到到老凤祥门前的镜儿前去，把那副尊容照一照，不怕人家见了作十日恶呢。"静一笑道："亏你有这伶牙俐齿，形容得淋漓尽致。"傅家驹道："吾们不必多说闲话了，快些儿走罢。"

于是同着静一并肩而出，走上几步，举手向路角上招了一招，早见一辆摩托卡慢慢儿地开将过来，傅家驹忙扶了静一上去，自己也就一跃而上，只听得腾腾腾的一阵响，车儿已风驰电掣而去。静一出娘肚皮第一回，何等快乐！玉颜笑情，兀把两眼从车窗里望着外边，似乎乡下人初到上海的一般。傅家驹只低着头，仿佛在那里想甚么心事，车儿过了好几条路，还没开口。静一望了一会，便回过头来，笑着说道："家驹君，你为甚么好久一声儿也不响？"傅家驹带着笑答道："你自己也好久一回不开口，倒反而怪起吾来。"静一道："吾不开口自有原由，此刻吾好似身在梦中，惝恍迷离，不知所届，怕一开口，这好梦立刻就醒。"傅家驹笑道："吾不开口也有原由，吾正在这里瞧着你花容，追想四年前的事。"静一道："正是。四年前吾们也曾一同出去过好几回，不过当时不是步行，便是坐电车，并没有摩托卡坐呢。便是上剧场看戏，也只坐坐头等正厅，从没坐过特别包厢，然而那时吾们倒觉得很快乐，一些儿也没有烦恼事。"傅家驹道："静一，你可要复返于四年前么？"说时，那声音非常恳切，分明是意在言外。静一只微微一笑，依旧把那秋波望着窗外，不则一声。车儿驰骋了一会，已到宁波路卡尔登西菜馆之前。

傅家驹便扶了静一下来，一同走将进去。拣壁角里的一只桌子旁边坐下，唤侍役取纸笔来，开了两张菜单，点了几式最可口的菜，又唤了两瓶香槟酒，和静一俩浅斟低语起来。这时静一真快乐极了，一面把朱唇衔着粉红玻璃杯，啐着香槟，一面把那一双凤目向四下里观望，只见一切陈饰都富丽堂皇，和旁的菜馆相去天壤，座上客大半是碧眼绀发者流，中国人却很少很少。那时静一已喝了两杯香槟，香腮上早飞上两朵桃花，红喷喷的，真有活色生香之妙，樱唇两边，又微微现着两个笑涡。傅家驹坐在对面，眼睁睁地注在她面上，心儿已醉了，魂儿已消了，不觉点了点头，想娟娟此豸，毕竟不弱。此刻这卡尔登菜馆之中，虽是美人如云，然而细细地评量起姿色来，要算这小学教员的夫人黄静一女士坐第一把交椅咧。酒儿喝罢，傅家驹开口问道："静一，你想吾们饭后到哪里去看戏？看新戏呢，还是看旧戏？新民社、民鸣社、竞舞台、大舞台，凭你说哪一家？"静一道："大舞台你以为如何？"傅家驹道："四年前吾和你最后一回看戏，也在大舞台。你还告诉吾和汪俊才订婚的事，你可记得么？"静一面上现着不宁之状，说道："吾已忘了，以前种种，譬如昨日死，吾们不必去说它，说起了怕彼此都要不欢呢。"傅家驹点头无语。这当儿饭已来了，两人吃了饭，付了账，便走将出来，依旧坐上摩托卡，疾驰而去。

静一启口说道："今天这一顿中饭，委实生平第一回尝过，你一共化了多少钱？"傅家驹道："也算不得贵，不过二十多元罢咧。"静一娇呼道："呀！你怎么还说不贵？恰是俊才一个月的薪水，吾们一家一个月的用度，你真是大手笔呢！"傅家驹微笑道："但是吾以为这数目是很小很小的。"静一道："家驹君，你成了富人，自然眼界大了。只吾要问你，令妹怎么不来？"傅家驹道："早上吾曾和她说起过在卡尔登中膳，大约家里忙，她不能抽身，也未可知的。"

144　　　　　喜相逢

到了大舞台，两人便上楼在特别包厢里坐了。那时戏已开幕，静一横波盈盈，只注在台上。傅家驹眸子睁睁，却只是注着静一，台上做些甚么，他并不在意，把七岁红的大杰作《金钱豹》、贾碧云的拿手戏《打花鼓》错过了，还没有知道，仿佛那《金钱豹》《打花鼓》都在静一面上演唱的一般。静一瞧了好久，才回过头来，曼声向傅家驹道："好戏，好戏！吾实是第一回见识过，只是如今甚么时候了？"傅家驹掏出一只挺大的金时计来瞧了一瞧，答道："四点二十分。"静一起身说道："如此吾要回去咧。再等四十分钟，俊才便须从学堂里出来的。"这时傅家驹恨不向她说：你别回去罢！还是天天吃吃大菜看看戏，同吾过快乐日子。跟着那穷酸，永远没有出头之日呢。无奈要说竟说不出来，这几句话儿只在嘴唇上乱颤，不能作声，于是只得起身同着静一下楼。出了戏园，坐了那摩托卡，送她回家去。

一路上彼此都老不开口，各人想各人的心事，过了约摸十分钟，那车儿戛然停了。原来已到了静一居宅之前，两人便下了车，相将入屋。两下里在室中相对痴立了一会，静一才微启绛唇，呖呖说道："家驹君，今天这一天，要算是吾四年来无聊生活中最快乐的日子了。那卡尔登菜馆里的一顿丰膳，大舞台戏场里的几出好戏，吾永远记在心头，断不忘却。这几个钟头里委实好似脱离苦海，诞登乐土，一切烦恼尽行消灭。将来吾到了郁郁不乐的时候，只消坐下来悄悄地把今天这一天想一想，也觉快意。此刻吾不知所报，只能说'多谢你'的一句话罢了。"说时双波中现出一种不可思议的精光来。傅家驹心里"别别别"地乱跳，不知不觉地走上一步，立在静一面前，嘴唇动着，却说不出甚么话儿来，只把那两个眼儿，钉在静一脸上。静一羞答答地低垂蛛首，把横波注着地，不敢向傅家驹瞧一瞧。傅家驹胸中，却好似钱塘江里八月十八起了寒潮，思潮早汹涌不已，几乎不能自持。停了好久，静一才慢慢儿地抬起头来，四道目光，便不期而遇。傅家驹脱口喊了一声："静一！"斗的挨到静一身边，双手执起她温软如荑的玉手，一壁渐渐儿屈了膝跪将下来。静一好似化了石的一般，木立不动。

正在这当儿，猛听得小桌子上一架小钟铛铛地敲了五下，门上钥匙眼中擦的一响，傅家驹疾忙立起身来，静一也立刻走了开去。只见门开时，汪俊才颤巍巍地走将进来，脸儿惨白如纸，带着凄苦之状，两眼兀是注在地上，好似并没有瞧见傅家驹，接着扑的倒在一把椅儿上，摊开了两手，掩着面，一动也不动。傅家驹正想上前招呼，静一忙拉开了他，自己却走到她丈夫旁边，摇着他的肩，问道："俊才，俊才！为了怎么一回事？俊才，快和吾说。"汪俊才的头益发低将下去，停了会儿，才悲声说道："静一，吾们以后的日子简直难过咧。学堂里为了经费支绌，预备关门，吾的饭碗可不是打破了么？"静一听了，呆呆地立着，默然不声。这时室中阒其无声，但有那小钟走动的声音。傅家驹立在那里，很觉不耐，咳了一声嗽。静一即忙抬起头来，瞧了瞧她丈夫，又瞧傅家驹，接着把玉纤指着门，低声说道："你快去罢。别老等在这里，抛撇你黄金的光阴。"傅家驹嗫嚅道："静一。"静一咬着樱唇不答，星眸如水，注在傅家驹面上，一面把手轻轻地抚着她丈夫的头发，好似慈母抚慰她爱子的一般。那时她兀立在那汪俊才身边，抬着粉颈，挺着酥胸，仿佛是天上的仙子，宝相庄严，下临凡人似的。傅家驹瞧了，不觉起了钦敬之心，鞠了一躬，悄然自去。静一娇躯微颤，跪在她丈夫跟前，展开了那双玉臂，挽着俊才的头颈，把香颊贴着他脸儿，千种的温存。俊才哽咽着说道："静一吾爱，日后吾虽是落漠，但是有你在着，心中也觉快乐。"静一含笑答道："吾夫，吾终是你的人，你便是沿门托钵做化子去，吾也愿意跟着一同去的。"于是夫妇俩相偎相倚，直到夕阳下明月上时。

（原载《礼拜六》第23期，1914年11月7日出版）

不实行的离婚

张先生和李女士结婚以来，不过一年零五个月，今天却是第一百零一次拍案跺脚地闹离婚了。据张先生的介弟小张先生对人说，他暗下里曾做着统计，计哥嫂俩同床共枕地结为夫妇，一共是五百又十五天，平均每五天总要闹一次离婚。然而"离婚"两字，虽叫得震天价响，他们却始终没有离婚。

张先生是一个高等学堂的教授，是专教化学一科的。十年前曾到美国去留学，很用过一番苦功。回国后一连好几年，连主几个学堂的化学讲席，镇日的和学生们弄着玻璃管、曲颈瓶，心脑中充满着硫酸、碳酸和许多缠夹不清的化学名词，倒把"娶妻生子"这件终身大事忘怀了。直到三十九岁那年，亲戚们要预祝他的四十大庆了，他才好似从睡梦中惊醒过来似的，猛觉得自己还没有娶妻，还是一个孩子，不由得痛恨那些玻璃管、曲颈瓶和硫酸、碳酸等等，耽误了他二十年的青春年少。于是趁着这一年暑假期间，急起直追，一心一意地物色佳偶。他那娶妻的热心，差不多像咄咄逼人的太阳一般热了。暑假将满，不知怎样认识了一位老小姐李女士，问起芳龄，已有两个二八，曾在上海、北京念过好多年书，一双高跟鞋子穿在脚上很有样，一派谈吐，也十足表示伊肚子里确曾吃过许多墨水的。张先生和伊结识了两礼拜，居然情投意合，草草地订了婚，不上三个月，就结婚了。

据小张先生统计簿上说，哥嫂婚后一礼拜中，两下里一天到晚扭股糖似的扭在一起，非常的要好。不过这蜜礼拜一过，彼此就开始反目了，原因是为了吃西餐的馆子问题。李女士要到一品香去，张先生偏要到一枝香，就为了这一品一枝之间，话不投机，破口便骂。一时气极了，竟提出"离婚"这个大题目来。还是岳老太太出来调停，今天先到一品香，明天再到一枝香，才不曾实行离婚。

自从这第一次闹过离婚之后，他们倒像把这回事瞧得很好玩似的，三五天总要搬演一次。夫妇间唇枪舌剑，脚踢手打，常在战云弥漫之中。闺房以内，变作了一片战场，这一年多的夫妇，到也是百战余生了。他们不闹便罢，一闹总喊离婚，邻舍人家，常常听得这离婚之声。有没有见过离婚的，都想趁此开开眼，瞧离婚到底是怎么一回事。叵耐闹尽管闹，离婚总不见实行，倒使邻舍人家有些儿失望了。

张先生的脾气原坏，李女士的脾气更坏，任是张先生在化学中用了二十年的苦功，能变化各种气质，然而竟不能变化李女士的气质。今天他们闹这第一百零一次的离婚，可就闹得凶了，原因是为了一只结婚指环。张先生对于这结婚指环是看得极重的，以为夫妇之间，有这两个金指环儿套在指上，无形中也就把两颗心套住了。

但他那位夫人李女士对于这指环，却不甚爱惜，今天不是抛在厨房里的油瓶旁边，明天却又在卧房中马桶底下发现了。张先生见伊把这神圣的结婚指环抛来抛去，当然一百二十个不以为然，这天便向夫人提出抗议了。夫人勃然道："这劳什子的有甚么希罕，我一见就生气，你既当它是宝贝，就由你一个人戴在指头上好了。"张先生怒道："这是哪里来的话，哪有一个人戴着两只结婚指环的。你不愿意戴，我却偏要你戴，你是我的妻，应当服从我的命令。"李女士也怒道："你不要像煞有介事，夫妻是立于平等地位的，说甚么服从不服从。"张先生道："无论如何，做夫的总比做妻的高一级，你的衣食住总要我供给，我的命令，你当然要服的。"李女士从鼻子里冷笑出声音来道："笑话笑话，女子嫁了丈夫，丈夫不供给衣食住，难道叫伊偷汉子去不成？至于服从两字，免开尊口罢。"张先生见他夫人竟句句挺撞，丝毫不肯让步，可气极了，当下里便咬牙切齿地说道："你不服从我，那你就是有背为妻的天职，我们还是离婚罢。"李女士怒得跳起身来，没口子地嚷道："好好，离婚离婚！"说时向桌子上取了伊的结婚指环，赶到窗前，头一仰，

喜相逢

似乎把那指环吞下肚子去了。接着坐在靠窗的一把椅中，把头伏在茶几上，不住地呻吟起来。这一下子可吓慌了张先生，一壁在房间里打旋子，一壁嚷着"吞金吞金"，一壁唤老妈子快到他岳家去，把岳父、岳母、大姨、小姨、大舅子、小舅子全都请来。那时左右邻舍，都已知道他们闹了乱子了，有的在门外探头探脑地张望，窃窃议论；有的平日和他们夫妇招呼的，便索性到里边去，帮同张先生出主意请医生。一会，岳家的全体人员都到了，闹得乌烟瘴气，不亦乐乎。那时医生也来了，取了药水给李女士吃。李女士忽然不慌不忙地说道："我实在没有吞金，只为他动不动总是说离婚，因此有意吓吓他的。至于那结婚指环，不值甚么钱，早给我抛到窗外去了。"当下大家听得伊没有吞金，便放了心，都赶出来寻那指环。但是满地里寻了好一会，兀自寻不到。据那看守里门的曲背翁说，刚才曾有一个换旧货的进来过，怕已被他拾去了。这一次闹了离婚后，和好得最快。这天夜半时，他家老妈子和小张先生就听得夫妇俩在床上嘻嘻哈哈地说笑话咧。

夫妇俩在不闹离婚的时期间，彼此亲密到了极点，同出同进，直好似双飞的蝴蝶一般。张先生因为夫人既不喜欢结婚指环，已把那只抛去了，便也抱了个形式上不妨随随便便的宗旨，不敢再去补买一只来逼伊戴。每天课余回来，总和夫人合着唱歌，或是一块儿说笑。有时一同出去看影戏，吃西餐，逛游戏场。看他们那种亲热之状，直好似蜜月中的新夫妇一样。这当儿李女士已有了五六个月的孕了，相骂尽管相骂，和好也尽管和好，这肚子里的一块肉倒安然无恙。自从那结婚指环问题闹过之后，夫妇言归于好，爱情更深，也就把这一块肉看得非常宝贵。一天是礼拜日，便一同出去，采办了一百多块钱的小孩子用品，连摇篮起直到洋团团、小椅子全都办好了。左右邻舍都背地里说，夫妇俩如此要好，给那还须在肚子里安住四五个月的小孩子预备得如此周到，以后可决不会再闹离婚了。

谁知一礼拜后，又闹起离婚风潮来了。这一回是双方同时开口提出离婚，原因也不过为了一句话的冲突，各不相让，先破口相骂了一阵，竟扭在一起打起来了。一面扭，一面同声嚷着道："离婚离婚！"小张先生和老妈子夹在当中苦拉苦劝，他们全不理会，没奈何便又赶去把张先生的岳父、岳母、大姨、小姨、大舅子、小舅子都请了来，好容易把夫妇俩扯开了。夫妇坐定下来，彼此喘息了一阵，就同时开口说道："离婚离婚，我们一定要离婚了。"张先生的大舅子原是一个法律家，当下用着律师的口吻说道："照民律第一千三百五十九条，夫妇不相和谐而两愿离婚者，原可以离婚。但是第一千三百六十二条说，夫妇的一造，要提起离婚之诉，也须有充分的理由，不是胡乱可以离婚的。"说到这里，顿了一顿，便庄容向张先生道："妹倩①，你既要离婚，总也有充分的理由，如今我先要问你，我妹妹可曾和人通奸么？"张先生答道："没有这事。"大舅子又道："如此伊可要谋杀你么？"张先生道："没有这事。"大舅子又道："如此你可曾受伊不堪同居的虐待，或重大的侮辱么？"张先生道："不过彼此相扭，言语冲撞罢了，似乎算不得虐待或侮辱。"大舅子又道："如此伊可曾虐待你的直系尊属或重大侮辱么？"张先生道："我的父母都死了，也没有甚么伯叔，这话是说不上来的。"大舅子又

① 旧称女婿，妹倩即妹婿。

道："如此伊可是以恶意遗弃你么？或是伊已逾三年以上生死不明么？"张先生不觉笑起来道："全没有这回事，全没有这回事。"大舅子也笑道："既是全没有这回事，你就也没有离婚的理由，不许离婚。"他的岳父岳母也接口道："不许离婚，不许离婚。"

于是大舅子又回过去问李女士道："妹妹，如今我可要问你了，你要离婚可是为了妹情重婚么？"李女士答道："不。"大舅子又道："如此可是为了他因奸非罪被处刑么？"李女士道："不。"大舅子又道："如此可是为了他要谋杀你么？"李女士不再回答，却伏在伊妹妹的肩上，吃吃笑了起来，一时大家都笑了。大舅子也笑着说道："好了，你们俩都没有离婚的理由，大家都不许离婚。"张先生的岳父拈着一部白须子，说道："你们既做了夫妇，该好好地一块儿度日，没的使着小孩子脾气，一开口就是闹离婚。"张先生唯唯答应着，一会，他岳家的大队人马，便又开拔回去了。

这天晚上，不知怎样死灰复燃起来，睡觉时，李女士深闭固拒，不许张先生上床。张先生恼了，一伸手就是两个耳括子，直打得李女士喊起救命来。但伊毕竟很

　　　　　喜相逢

乖觉的，如何肯让步，冷不防也还敬了张先生两个耳括子。这战端一起，可就像欧洲大战般闹得不可收拾了。两下里索性把那张五尺阔的方梗子铜床做了战场，交手便打。下面一张钢丝垫子，打得像八音琴似的"叮叮咚咚"乱响。那时，时候已不早了，足有十二点半钟光景，他们贴隔壁住着一位王先生，是在邮局中办公的，明天七点钟就得上早班去，从睡梦中被他们闹醒了，再也睡不着。一时发起火来，便用外国人干涉中国内政的态度，在墙上重重地擂了几下，大声说道："你们要闹，请明天闹罢，人家一清早就要出去做事情的，没的闹得人一夜睡不着。"张先生到底是高等学堂教授，很懂得道理的，立时应声说道："很好很好，我们明天再闹，到明天便解决这离婚问题。"说完两下里居然解甲释兵，安安静静地睡了。

第二天左右邻舍都怀着鬼胎，想今天夫妇俩要解决那离婚问题，正不知要怎样地闹一闹咧。小张先生很怕哥嫂俩闹，一清早就溜到学堂中去了。那些好事的邻人悄悄地等候着他们开战瞧热闹，谁知上半天过去了，毫无动静，午后一点钟、两点钟、三点钟过去了，仍然是

不实行的离婚

一些儿声音都没有。直到五点半钟时，却见张先生和李女士手挽儿地走出门来，唤黄包车到新世界去。邻人们暗暗好笑，想他们俩不知道在甚么时候讲和的，倒难为我们白白地盼望了一天咧。

光阴容易，夫妇俩仍时时闹着不实行的离婚，闹得李女士肚子里的小国民也急急地出来了。小张先生说，这不满十个月的孩子，也许是要充议和专使来的，以后哥嫂俩瞧在这孩子份上，或者可以免淘几回气，不致再闹离婚了。不想李女士产后未满十天，痛定思痛，又动了肝火，对张先生提出离婚来。说这一回生产，再痛苦没有了，论起法律来，和那不堪同居的虐待一条，很有些相像。以后三个四个生产下去，可不要送我的命么？这一回总算是张先生自甘屈服，柔声下气地说了许多好话，又特地去买了一只一卡拉的钻石指环做了礼物，才把李女士离婚打消了。

※ ※ ※

张先生和李女士又接连生了两个孩子，已过中年了。那离婚的风潮，一年仍要闹几次，幸而始终没有实行。小张先生自己已娶妻生子，也没有空闲给他们做统计咧。他们俩最后一次闹离婚，张先生已七十九岁，李女士也七十二岁了。第二天，张先生因气急病去世，一礼拜后，李女士也哭夫而死。他们俩生时，虽常闹离婚，然而像这样的收局，也可以算得恩爱夫妻了。但他俩并头黄土之下，不知道可能相安无事，或者一言不合，还要闹几次离婚风潮么。

年年清明节，小张先生带着子侄们上坟去，坟上白杨摇风，"萧萧槭槭"地响了不住。小张先生指点着说道："他们俩多分又在那里相骂闹离婚了。"

（原载《半月》第 2 卷第 24 期，1923 年 8 月 26 日出版）

恨不相逢未嫁时

六桥三竺间，一片山明水媚之乡。风物清幽，直类仙境。其间乃毓生一大画家，曰辛惕，风度翩翩，如玉山照夜，说者谓钟天地之灵秀而生。生十龄而丧父，母氏茕茕一嫠，孤苦无依，家固匪富，殊弗能支此残局。于是携生及生之一妹一弟，走海上，投其所亲，而令生入一商肆学商焉。生母栖息他乡，每念逝者，辄面壁揾泪，中心如剡，生偶归省，必依膝下，逗阿母欢笑而后已。岁暮分得余羡，则狂喜，归以奉母，而己则不名一钱。母或与之，则曰："儿不需是也！"生习商数稔，勤于所事，良得肆主欢。顾心殊无聊，念长此雌伏，永无雄飞之日，蛟龙非池中物，胡能郁郁久居此哉！于是弃商入一图画学校。生天资颖慧，声入心理，不越年，已得个中三昧。后复孜孜自修，艺乃益进，偶有所作，风景人物罔不工，老画师见之，佥首为之肯。更数载，名满春申江上，尺幅流传，得者如拱璧，一时言美术家，人莫不推辛先生云。时年甫二十一二也。生母见生已长，在势当娶，因敦促之。然生美术家也，审美之眼光绝高，目中殊无当意者。居恒叹曰："吾欲美人画，顾欲于此茫茫人海中，求一好范本，且不可得，世无美人，其亦可以已乎？"

时生妹有闺友某女士者，丰于才而啬于貌，雅慕生之为人，芳心可可，颇属以意，间以函札与生通，论文说学，俨然女博士。顾以爱生之心深，时于行墨间微露其意。而生意殊不属，谓个侬之才固可取，特欲为吾范本，则未也。后女性不自禁，径求婚于生，生与女本无情愫，因阳慰之而阴绝之。女觉，由是不复以书至，盖情丝断矣。生漠然无动，不言娶。母促之，弗应，但出其意匠中之美人，作画而已。时已暮春，花落残红，鹃啼野绿。生心中惘惘，百无聊赖。一日薄暮，偶出游，用舒积闷。经一曲巷，夕阳拖人家屋角，殷若胭脂。生仰天噫气，于意良得。斗见十数武外，有女郎携一稚子，被夕阳，姗姗而来，衣朴而不华，芳龄可十六七，而其姿态之便娟流丽，实为此大画家二十年来所未尝见，即其独运匠心所成之画中美人，对之亦且失色。生痴视久之，似见天上安琪儿，飞到人间，以观其色相者。女鬓影低弹，以双波微睇生，遂姗姗出巷去。生目送之，至于弗见，念此娟娟者，其瑶台之仙子耶？洛水之神姝耶？似此美人，庶足为吾范本矣！念极，仍木立巷心，久久弗动。俄闻巷尾车声辘辘然，始警觉，惘然引归。而彼美之花貌玉影，犹在眼睫间也。

明日薄暮，复欣然往，顾乃不见彼姝芳踪，越日复然。生心滋怏怏，私念昙花一现，从兹岂不再现耶？及第四日午后，忽见女在巷口一丝肆中，市五色绣丝，展玉纤，细细数之，六寸肤圆，御浅碧罗鞋，色泽尚新，时云鬟犹微蓬，受风飚拂，则频以手掠之，厥状至媚，生恋恋不忍去，则引目视丝肆商标，用以自掩。女偶仰其首，眼波遽与生接，则立垂其睫，略动玉背外向，仍数手中色丝，矫为未见，时肆中人见生木立如痴，频属以目。生不得已，遂怅然他适。由是日必往曲巷，冀得邂逅美人，为程虽纡远，殊不之顾。而彼美玉貌，时萦心目间，未尝或忘。一日五时许，会访友归，行经巷尾，忽闻一门中呖呖如啼莺曰："阿弟，趣以扇来，扑此梁山伯！瞬且度墙去矣！"此娇声绝处，乃有一女郎，携稚子翩然而出，挥扇逐蝶。生乍见女，心乃大跃，盖彼美也！彼美见生立止，微赧其靥，夕阳衬桃花之影态乃益媚。俄释稚子手，翩然如惊鸿，引身入屋，但闻门后曼声呼曰："阿弟趣入，否则将有外国人来，捉汝去矣！"稚子遂亦疾奔而入，门亦遂阖。生意得甚，欢然归去。由是日必徘徊女家左近，阴晴风雨，未尝或间。顾不见之日多，而见之日少，见则女但微睇，未尝有笑容，柔媚中端肃无匹，生受睇，心辄为之跃跃。有时生过时，女方低鬟坐门中，拈针挑织，波眸初不旁瞬，则生大弗怡，滋欲发吻而语之曰，痴生日过卿家，意欲伺卿眼波，卿曷微仰其首，觇以一睐，则兜率生天，甘迟十劫矣！

然生无儇薄之习，殊不敢唐突美人。无已，则如小学生初习体操，足顿地，作巨响，彼美闻声，立仰其首，双波澄然，微睇生，生如饮醇醪，含笑而归。餐时食量陡增，尽数瓯不言饱，入睡则梦魂亦适，而梦中犹见彼美横波如水，微睇己也。

生自遇美以后，每好作美人画，日必二三幅，尝应至友某君请，绘《水晶帘下看梳头》及《与郎细数指间螺》二图。画中人秋波春山，以及笑容媚态，一一与彼美绝肖，遂张之壁间，晨夕恣观。友来索，靳弗与，迫之，则睬不顾。友因戏之曰："画中人岂君意中人耶？胡恋恋至是！"生微笑，他顾不答，目灼灼注壁间弗置。一日又杀粉调铅，绘美人画一巨幅。仅画半身，作女画家绘画状，姿态栩栩如生，若将仙去。生薰以异香，装以锦架，并手题其上曰《辛郎画侬侬画辛郎》，盖为彼美作也。其妹笑问之曰："哥奚事不画全身，而画此半截美人？"生曰："丹青不是无完笔，写到纤腰已断魂也！"妹曰："然则画中人果有其人否？"生复微笑，他顾不答。由是日夕对画痴视，必一二时始已。若欲观此画里真真，辞纸而下者。生妹见状滋怪，辄叩之曰："画中人果谁氏姝？乃令哥移情至是！"生又微笑，他顾不答，而日夕痴视如故。值友人来，则指画问曰："是画如何，画中人美乎？谓为国色天香，亦相称不？"或曰："然！似此美人，诚天人也！"生大悦，力褒其人，谓英雄所见同也。间一友故戏之曰："画中人直鸠盘荼耳！作配非洲黑奴始得，乌足以言美人？"生闻语大怒，色立变，几欲与之决斗！怫然言曰："尔敢作是言，当抉眸子！以尔俗眼，固不合瞻仰天人，斯人而曰鸠盘荼，则天壤间将胡由得美人者！岂必如尔家中黄脸婆，始为美人耶？"友笑曰："足矣足矣！前言戏之耳！奚悻悻为？特吾欲问君，画中人果有其人否？"生怒少解，笑而不答。

时生仍日日往曲巷，然梨花门掩，不复见亭亭倩影，一扉之隔，直同蓬山万里。如是半月，终不遇女，心大弗怿。长日神志惘然，如弗属，食量锐减，面容日消瘦，作画亦懒，第时向画中美人痴视而已。未几遂病，生母大忧，延医求神，栗六万状。而生病势且日重，无已，因延一星者来，以卜休咎。星者谓公子喜星已动，须论婚为之见喜，病且立瘳。生母信之，恳所亲物色女郎。生闻其事，力阻其母，谓儿宁终生鳏，脱相强者，儿旦夕死矣！母勉慰之。生妹固知乃兄意在画中美人，病亦由是而起，因私询生画中人所在。生微喟弗应，泪痕盈眦，立蒙首而睡。越日，生妹固问之，继之以泣，生始直陈其事。妹以告母，母遂画策，将求婚其家。时适有女仆曰阿桂者，闻其地址，遽矍然曰："嘻！吾知之矣！是家崔氏，三年前吾尝佣彼家，主人已殁，主母年五十许，有三子一女，长公子及次公子均以疫卒，今仅存三女公子及四公子耳。四公子甫六七岁，女公子年十六七，月颊星眸，如天女郎！且知书识字，工绣善织，秉性亦温柔，公子既有意，吾当一行。"生阻之曰："尔勿孟浪，彼家或不吾许。"阿桂曰："公子才貌均佳，性复诚厚，少年中胡可多得，彼家安有不许之理！吾决往矣！"阿桂去后，生焦急至弗能耐，切盼青鸟使去，以好音归。则后此年年月月，乐且无极；脱不幸而见绝，则彼苍苍者且安排愁城恨海，为吾汤沐邑矣！念若是，心大跃，几欲上抵其咽。翘盼既切，因时时私问乃妹："阿桂归未？"妹笑曰："阿兄情急哉！讵今日即欲做新郎耶？"生微愠曰："妹无赖，恣加调侃，他日出阁，吾亦当以此报妹耳！"妹大赧，疾趋而出。越半时许，阿桂归，索然无喜色。私语生母曰："事不谐矣！崔氏女公子已于客腊许城北某氏，月内将出阁。不幸哉公子，已落他人后矣！"母曰："奈何！此噩耗不可告惕儿，彼知之病且立殂！"妹曰："然。儿以为不如姑给阿兄，谓彼家已允，则兄中心必悦，而病亦易瘳。"母曰："尔决策良高，可嘉也！"于是敦嘱阿桂勿泄，而以好消息报生。生初不察其诈，乐乃不翅，引睇注帐顶，几将纵声而笑，此身飘飘然似已在画堂红毡毺上，并彼美香肩，互换指环，彼美倾环低黛，玉颜微酡，娇美若不胜情。俄又仿佛相对于海红帘底，彼美花容笑倩，话曩日曲巷中邂逅事，软语沁人似水。生乐极，几欲跃起舞蹈。越三日，病已霍然，治事咸有兴致。生母喜且忧。惧一旦事泄，不知将作何状。自是生仍时往曲巷，虽不遇美，彼亦无所怼，知彼美伏处香闺，殆为娇羞也。一日午后，生以事访友，经曲巷，斗见女家门首悬彩锦，似有婚事，门次立擎灯二，上有擘窠大字作赤色赫然照眼，曰"崔府"。生疑为眼缬，揉目审视，果崔府也。则大疑，私念娶耶嫁耶？殊令人莫辨，因叩之一执事者，则对曰："三女公子出阁耳。"生大震，几于晕仆，踉跄归去，如堕云雾中。既归，掩面大恸曰："嗟夫辛惕，尔此生已矣。"妹温言慰之，生不顾，咽泣如故。明日不起，不语亦不食，状若痫作，且时欲自裁，母忧甚，顾亦无策以慰生。生妹偶进劝，生则大声曰："若曹合而绐吾，今日遂成此局，已而已而，吾生胡为？"母亟曰："惕儿，尔乌可出此言？母以二十载心血眼泪育儿至于今日，初匪易易。今儿长矣，乃为一女子故，遂欲弃老母于不顾耶？而父弃世时儿仅十龄，弟妹亦幼，尔时吾宁不能撒手从汝父于地下，所以含辛茹苦以迄于今者，特有望于儿耳。"生泣然曰："然儿不得彼女，尚复有何生趣？"母曰："儿素孝，当从吾言，来日方长，儿当光大吾辛氏门楣，以慰而父于地下，奈何效痴男子所为？儿而死，若敖氏之鬼馁矣，母已垂暮，亦当从我儿行耳。"语次泣下。生哽咽曰："阿母，儿知罪矣。"遂少少进食，病二月，始瘳。既能出，则仍日往曲巷，虽桃花人面不可复见，犹向崔氏门中窥视勿已，如彼美未嫁时也。生日夕念彼美綦切，未尝少忘。偶闻鸟声，或见花影，咸以为彼美。每作画，甫一下笔，而彼美似已亭立于前，丰容盛鬋，曼妙欲仙，以是画中人，靥痕鬓影以及一颦一笑悉有彼美。时生新交一友人王君者，文士也。一日造生家，见壁间镜架中女画家图，猝然言曰："奇哉，画中人何绝类吾友陈君之新夫人耶？"生亟询以陈氏地址，默志之，饰言曰："是或偶然相同，不足怪也。"王去，生匆匆往其地，时方亭午，见小窗中露美人半面，娇姿隐约，宛然彼美，特容光较曩者为憔悴一半，云鬟低弹玉肩之上，似犹未理妆，而星眸中亦微含泪痕，意滋无欢。女瞥见生，则立回其首，玉肩大动，啜其泣矣。生复内窥，始知窗为中庖福，彼美乃在灶下，斯时生滋欲腾跃入窗以慰彼美，顾虞贻彼美戚不敢孟浪，遂怅然归，逆知明珠的的，已堕千寻苦海中矣。翌日，王君复至，生诡称女为戚邮，询以陈氏家事。王君喟然曰："吾当为君道其梗概。陈君殊欠蕴藉，有时犷暴如野儿，几弗类其人。年三十矣，血气犹刚。乃母素有姑恶名，视媳如奴婢，少不当意，申申詈不止。声闻于四邻，甚且加以夏楚，令婢仆辱之，且不许哭，哭则挞益力。陈君前妻以不善承其色笑，被虐死，今夫人其续弦也，于归甫匝月，姑即谓其骄，指桑骂槐，侵及新妇，今者气益张，弗能复耐。家中婢仆如云，悉令座食，而谪彼婴婴宛宛之新妇，作灶下婢矣。"生怒呼："此有是哉？何物老妪！心毒乃如蛇蝎，乃公恨不仗三尺剑斩此恶姑头也。"王君曰："君勿漫作是言。凡事言之匪艰，行之难艰。"生微喟不复语。自是每日亭午，生必一过陈氏门，窥女于小窗中，女未尝有欢容，或仰天浩叹，或则饮泣。每见生，则立伏窗下，似不欲为生则见。生末有慰女，恒怏怏而归。越月余，王君忽奔告生曰："君戚郦从兹出水火矣。"生亟问曰："何谓也？"王君曰："恶姑已以喘疾死。"生欣然曰："恶姑不死，女难未已，今既死，今而后莫彼毒矣。特陈某犷暴，未必能体玉人心性，为可虑耳。"王君曰："然渠更好为狎斜游。夜辄走马看花，流连灯红酒绿场中，乐而忘返，初不顾闺中少妇，望穿秋水也。比闻朋辈中且藉藉言彼有外室矣。"生微喟曰："然则吾戚初未出彼苦境。"厥后生每过陈氏门，小窗中已无彼美倩影，知不复操苦役，心乃少慰。特不能日见玉容，无以慰相思之苦，辄复临风惆怅耳。

一夕十时许，生方挑灯读书，于意良适，斗闻警钟声，鲸铿而动，俄门外人声鼎沸，群呼"火火！"生亟拔关出，闻途人言在某巷中，以某家稚子遗火于薪，遂兆焚如。生疾奔而往，则见红光已烛天，火鸦烨烨然，凌空四舞，火光上冒，如巨蟒吐舌，被火者则崔氏居也。生大惊，排众直趋屋前，救火会中人方施救，栗六万状。生斗见一窗中有稚子舞双臂，大呼乞援，顾为火声所掩，众乃不闻，而火焰灼灼，垂及其身，瞬且葬于火窟！生见状，见义勇为之心立动，夺救火梯至于窗下，猱升而登，冒火光挟稚子出，平昔荏弱如处女，此时力大如牛，径至梯下，初弗觉重，观者佥啧啧称其义勇。时稚子已晕绝，有中年妇趋至，持之而哭，生知为母子，扶之同归其家。叩妇姓氏，知为彼美之母，而稚子则彼美弟也。生前者固尝见之，第以病后脑力大衰，相见乃不之识。已而天已破晓，树上宿鸟徐扬其声，忽闻叩关声甚急，生趋出启关，则盈盈立于前者，意中人也。玉容惨淡，如梨花被月，见生，即颤声问："母弟在是否？"生乍觌芳容，似居大梦，木立不知所答。女入见母，相持大哭，久之，始收泪，女哽咽曰："阿母无恙，儿心安矣！"母惨然曰："吾家已毁，尔弟亦几葬身火窟，幸此先生奋勇相援，得免于难。儿曷谢此先生！"女流波睇生，状至感激，既即俯其柳腰，磬折言曰："出吾弟于火窟者君耶？君义且勇，侬至感佩，誓毕生不忘大德！"生亦磬折曰："女士无事执谦，见义勇为，吾人分内事，见人及于难而不救者，非男子也！"女曰："君以救人为分内事，今侬则以感激君为分内事。各为其分内事可耳！"语既，即顾与女母语，且晋谒生母，致其谢忱。唯女母以昨夕受惊过甚，至是病矣。女本欲携母弟同至夫家，母既病，遂弗果。病兼旬始已。此二十日中，女日必一至，与生母妹至相得，见生每脉脉含羞，时或在绿云鬟下，流波送睐，生时与语，时且不敢与近，但凭其二眸，示其中心隐情而已。老人瘥后，女即谢生及生母，携母弟俱去。生知此后弗克幸晤，殊怏怏不可自聊。然女间数日必一至，省生母，相与话家庭琐事，生母偶询及其夫，女辄颦蹙，出罗巾揾泪微喟曰："侬自恨薄命耳！"旋顾而言他。一日，女至，不面生母妹，径入画室，愁黛惨颦，含泪注生面，久久无语。生起立曰："女士奚事郁郁？可得闻乎？"女泫然曰："侬与君长别矣！此生恐无再见之期。"生急曰："何遽言别？去将安适？"女曰："彼人携侬赴汉皋，不日首途。嗟夫辛君！侬身不能自主耳！"生大悲曰："别时容易见时难，吾胡忍与君别

　　　　喜相逢

者！"语次，把其如荑之手，颤声言曰："君……君当知吾心，吾爱君深也！"女理鬓回其娇面，恻恻作断肠声曰："嗟夫辛君！勿复与侬言爱，恨不相逢未嫁时耳！"

（原载《紫罗兰庵言情丛刊二集》，时还书局1939年版）

柳色黄

　　那桌子上一座黑云石的座钟，嘻开了团白的面庞，似乎在那里冷笑着，一壁不住地说道："嘀……嗒……嘀……嗒……嘀……嗒。"这时疗治室中寂寂无声，惟有这单调的嘀嗒之声，打破四下里的岑寂。而在柳自华的耳中听去，仿佛在那里说："生……死……生……死……生……死……"他的心也跟随着这钟摆的声响，一突一突地跳个不住。

　　　　　　喜相逢

道："这如何使得，你简直是自己送自己的命儿。"自华道："事已至此，还有甚么话。说我只需等柳色黄时，踏进棺儿中去就是了。"博士道："然而人事不可不尽，你仍须吃药，在这四五个月中，或能挽救过来，也未可知，你且慢灰心啊。"自华低头不语，两眼望着桌子上的座钟，见那团白的面庞，似含狞笑。而嘀嗒嘀嗒之声，送到他耳中，竟好像在那里奏着《薤露曲》咧。

自华出了医院，心上好似压着几千斤重的一块石头，手上脚上，也像加了镣铐。全身的气力，都不知飞到哪里去了。他一步黏不开两步地走过了几条街，见那往来的行人，奔腾的车马，都包含着无限的生气。自己虽还活着在这里走，实际上却变作行尸走肉，是一个候补的死人了。他叹息着一路行去，总觉没有勇气带这恶消息回去，报与爱妻知道。在这热闹而富有生气的市街中走着，心坎儿里又觉得嫉妒、厌恶、不自在。于是折到了一条僻静的小街中去，把脚步放得益发慢了，简直和蜗牛在壁上一样。低头垂眉的不知走了多少路，却已到了一座废园之前，可是他平日间从没有走过这许多路，早已喘做一团，接着又一阵子咳嗽起来。咽喉里痒痒的，一抹血已脱口而出，他便入到园中，在就近一张破椅上坐了下来，定了一会神，渐渐复原。又不由得想道：唉，我柳自华跌宕情场，前后足足有二十年了。一缕情丝，飘飘荡荡的没有归宿之地。直到五年前遇见了倩英，才觉得自己心有所属，情有所归。一生的幸福，已有了把握了。叵耐倩英貌儿太美，性儿太温柔了，少年们用情于伊的，着实不少。我仗着一颗坚忍之心，厮守了五年，一心专注，百折不回，到如今才占了最后的胜利。使那些恋爱伊的人，一一失败而去。内中有一人和我立于同等地位，足称劲敌的，偏又是生平最知己的朋友叶仲子。一向相亲相爱，如手如足，而我也绝对不肯相让，终于把那如花如玉的倩英，整个儿夺了过来。为了伊份上，我甚么都不管。仲子虽并不和我绝交，仍是往来走动，然而十年来，根深蒂固的友谊上，也不免生了裂痕了。我和倩英结婚以来，刚度过了一个蜜月，端为这一件无价之宝，由五年的奋斗中得来，很不容易，自也分外地珍惜爱护。而倩英的爱我，也委实是既深且固，无可譬说。单就这蜜月中说来，双方情爱的热烈，直超过了寒暑表上最高的度数，和火山快要爆裂时相仿佛。满望白头偕老，好合百年，享受一辈子美满的幸福，不想这几天忽然病了，今天医院中一诊治，偏又断定我的病已成了不治之病，一到柳色黄时，就得和我那最亲最爱的倩英长别了。唉，我怎么会害上这肺痨病的。读书时有时吐口血，也并不在意，从来又不曾害过甚么大病，只是咳咳嗽罢了。身体向来很瘦，还自负筋骨好，谁知那可怕的肺痨病会潜伏在我的身体中呢。要是经了别的医生诊断，我倒还不很相信，叵耐这位梁博士是当今专治肺痨病的圣手。他说无法可治，那就是绝对的无法可治。老同学洪子新，去年以肺痨病去世，也由梁博士断定他不治，说中秋节以前必死，果然不先不后在八月十四日死了。如今他说我柳色黄时必死，那么九十月间一定难逃。别的倒没有甚么留恋，只教我如何舍得下倩英呢。自华想到这里，禁不住掉下两颗泪珠儿来，泪眼模糊中，恰又望见了面前的一行柳树，嫩绿的柳丝，在风中微微飘拂着，似是美人的云发一般。一双紫燕正在那里翩翩上下，现出十分恩爱的神情。自华触景生情，便颤巍巍地走将过去，抚着柳丝说道："柳啊柳，你是多情的树，你可能可怜见我，同着松柏长春，永没有黄的时候，使我一辈子厮守着倩英，永不分离么？"然而柳树无知，默默不答，袅着那丝丝嫩绿的柔条，尽春风调戏罢了。

夕阳下去了，园中一株古树上，暮鸦乱噪，似乎一声声催人回去。柳自华虽是怕见他的爱妻，可也不能不回去了。没精打采地出了园门，便坐上一辆人力车，赶回家去。他心中起了一幅幻想之画，见倩英坐在绣闼银灯之下，玫瑰花似的娇脸上，含着甜媚的笑容，正在抚弄伊那头心爱的玳瑁小猩奴，这真是一幅绝妙美人图啊！他又想到他那情场失败的老友叶仲子，近日常来走动，此时也许在家里，伴着倩英闲话咧。唉，仲子仲子，你不过短时间的失败，最后的胜利，怕还是属于你啊。他一壁想着，他的心，好似被那车轮辘辘之声碾碎了。

自华到了家里，将帽子授予他应门的婢子后，便蹑手蹑脚地走上楼去，推开了卧房的门，低唤一声倩英。这时倩英正坐在玉镜台旁，逗着伊的爱猫玩。一听得自华的唤声，便霍地抬起头来，向门口一望。带笑说道："华，你回来了么？"当下便起身迎将过去，挽着自华的手，同在一张碎花绿丝绒的温椅中坐下。又柔声问道："华，这大半天你可在哪里，真教人寂寞死了。"自华强笑道："为了度蜜月,一个月不上书局去了,也得去看看情形。教你挨了半天的寂寞,真过意不去。可是我的心一径在你的身上。"倩英把伊的蝉首枕在自华肩上,很腻地说道:"华,便是我的心也一径系在你的身上,我委实舍不得你离我一步呢。"自华暗暗呻吟着,心口自语道:无论如何,我决不能把这恶消息告知伊,伊如此爱我,我怎忍捣碎伊的芳心啊。当下闭紧了两眼,紧抱着伊的头,他直要借着情爱之力,和死神抵抗。这一个鬓发如云的蝉首,倒好似溺水者所抱着的一根木条一般。

他挨过了一礼拜,兀自装着笑脸敷衍他的爱妻。每天早上从床上起来,便想到柳色黄时,这美丽的绣花双枕,再也没有他和爱妻并头安眠的份儿了。用早餐时又想到柳色黄时,再也不能和伊并坐着吃鸡子了。凡是一日间所经过的种种琐事,都足以引起他的伤感,连想到柳色黄时,精神上的痛苦,比肉体上的痛苦,更为厉害。然而他又不敢告知倩英,连咳嗽也勉强忍住,少咳几声。一面还偷偷地服着梁博士的药,希望这药是仙人葫芦里的灵药仙丹,不但使他不死,并且能延年益寿,不老长生。

一天晚上，在餐室中晚餐以后，他一阵子大咳，觉得自己再也不能不说了。咳停了以后，便柔声向倩英说道："倩英，你到这儿来，偎傍着我，我有话对你说。"倩英道："华，你又有甚么正经话儿，偏是这样郑重其事的。"说着，含娇带嗔地走将过来，靠在自华身上坐定了，水汪汪的两眼，注着自华的脸道："说啊，快说啊！"自华道："你得鼓着勇气听我说，说出来你不要吓。"倩英笑道："任你谈神说鬼，说得活龙活现，我也一些儿不吓。"自华微叹道："唉，好孩子，我并不是和你说甚么山海经，这是很关重大的事。要知再过这么四五个月，到得柳色黄时，我便须上道远行，极远的远行，并且只许我一个人单身前去，你万万不能同去的。"倩英扭股糖儿似的扭在自华身上道："不不，你去，我也要去，抛下我一个人在这里，好生难受啊。"自华惨白的脸上，满现着苦痛之色，很恳切地说道："倩英，你听着，世界上甚么地方都可去，惟有这所在你是去不得的。你不见么，近来我时常咳嗽，有时且还咯血，身中很觉得不自在。除了咳嗽的声音不能掩住外，总想隐瞒着不给你知道。前几天我更觉困乏，因便上肺痨病专家梁博

182　　　　　　喜相逢

士处去就诊，不道诊断之下，都说我的肺痨病已入了第四期，到得柳色黄时，我便须与你长别了。"

倩英一听了这话，顿时玉容失色，颤声大呼道："华，华，你这话可是甚么意思，难不成要死了么？"自华长叹道："唉，亲爱的倩英，我何忍抛下你，走到这可怕的死路上去。何况刚度了蜜月，正尝着甜美的情爱之味，更使人撇不下。然而梁博士既束手无策，认为不治之症，我又有甚么法儿想呢？"倩英听到这里，斗的惨呼了一声，晕将过去，倒在自华的身上。自华慌了手脚，急忙抱着伊上楼，入到卧室中去，放在床上唤婢子取白兰地来，喂了一口下去，不一会便悠悠醒转，又哇地哭了。自华守在伊身旁，柔声下气地安慰伊说："梁博士的诊断也许靠不住，我还须找德国的名医诊治去，说不定一药而愈，正未可知。你尽自放心，急坏了你自己的身子，可不是玩的。亲爱的，你好好地睡一会，只当我的话是开玩笑，可不要记在心上啊。"倩英本像是一个天真烂漫的小孩子一般，听了这些话，便放下了一半的心，竟在自华身上棠息微微地睡熟了。

从此以后，自华便又担了心事。明明是个有病之身，偏要装得像没有病的人一样。整日价有说有笑，伴着倩英打趣，以安慰伊的心。有时忍不住咳嗽咯血，总借着手帕子掩瞒过去。梁博士的药，虽是一日三次，很虔诚地服着，竟不见多大效验。大概病入膏肓，药也无能为力了。可是自华因着爱妻之故，仍一心作求生之想，对于向来所信仰的梁博士，也有些儿不信仰起来。另外去找了两个德国内科名医诊治，不道他们两人的诊断，和梁博士竟不约而同，说病根已深，决计逃不过秋季的了。自华到此，才知自己确已陷入了绝望之境，无可挽救。便先自预备一切身后的事，检点资产，共有十万元左右，一起遗与倩英，背地里请律师立了遗嘱，这身后第一要事总算办妥了。

可怜的自华，苦心孤诣，全在倩英身上着想。他为了倩英未来的慰安和幸福起见，自己有意去和叶仲子亲近，给他常到家中来走动。先前一礼拜来一次，如今三天来一次，一天来一次了。仲子一来，他立刻避开，让二人同在一起，煽动起旧时的情焰来。夜中自己又往往推说有事，或直说身体不舒服，唤仲子伴倩英去看电影，看京剧，或上跳舞场去跳舞。他们俩本来旧情未死，如今耳鬓厮磨的机会一多，彼此相爱的心自然又热了。

自华用了两个月的水磨工夫，把一切未了事件全都料理清楚。眼瞧着倩英和仲子亲热的情形，心知伊的终身也有了依托了。可怜他精神上、肉体上都受足了痛苦，自觉多留一天在世界上，便多受一天痛苦，还不如早早地逃出世界，又何必等得柳色黄时啊。于是一天早上，自华飘然出走了。倩英起身，只见枕边留着一封信，忙拆开来看时，见上边很工整地写着道：

　　倩英吾爱，吾去矣。吾病已入膏肓，无复生理。柳色黄时，势在必死。等死耳，不如早死为佳。惟卿向娇怯，雅不欲令卿见陈尸之惨，故毅然割舍一切，远走他方。非葬鱼腹，即堕幽谷。嗟夫吾爱，从此长别矣。遗嘱在蒋立律师处，祈与接洽。恨吾寒素，未能遗卿以巨产，毕生心血所积，止区区十万金耳。仲子吾知友，亦卿旧好。吾去后，务与缔姻，毋背吾意。柳色黄时，恐将令卿触景生感，幸即委身仲子，以蠲烦忧，吾亦将含笑地下，听卿等赓合欢之歌矣。别矣吾爱，千万珍重，毋以吾为念。自华和泪志别。

倩英读完了这信，哭倒在钿床之上，碧纱窗外，柳丝在风中飘拂着，瑟瑟有声，似乎和着伊哽咽。

（原载《紫罗兰》第2卷第15号，大东书局1927年8月12日版）

卅六鸳鸯楼

我们的小舫，载了好多的桃花，宛宛地顺着流水，划向里湖去。过段家桥下时，不由得低吟着清季一位女诗人的《里湖棹歌》道："辋川庄外浪迢迢，携得青樽复碧箫。商略侬舟泊何处，嫩寒春晓段家桥。"我咀嚼着末二句，觉得很有意味。便不由得吩咐船家，将那船傍着桥泊住了，只是细味那"侬舟"的"侬"字，暗自忍俊不禁。

我手中拈着一枝白桃花，眼望着四下里深幽的景色出神，不觉把桃花瓣儿一片片揉碎了，散落在水面上。那时恰有游鱼出水，错道是甚么好吃的东西，争衔着花瓣入水逃去，一时水纹乱了，晕出无数的小圈儿来。

　　西湖的面积不算大，抬眼一望，四下里都能望见。在这春光明媚之际，四方游人来得不少。然而湖面上却并不见有多少画舫，有时有这么一二艘在旁掠过，往往载着佳丽。鹅黄和粉红的衫子，色彩最为鲜艳，映得我们眼前霍地一亮。而黄莺儿娇啭似的笑语声，挟着衣香阵阵，因风送来，更足使我们魂销魄荡。好一片西子湖，真个是变作美人湖了。

　　云龛带着一只一百倍光的德国望远镜，不住地东张西望。从南高峰望到北高峰，从保俶塔望到那重建的雷峰塔。瞧他高瞻远瞩，差不多把全湖都已收入眼底了。他似乎也很不满意于湖上游舫之少，失望似的对船家说道："你们说这几天湖上游人怎样怎样多，据我看来，也不见得多罢。"那船家操着一口杭州白答道："先生，要知西湖四周有三十里大，船都散开了，自然觉得不多。你只须上各家大小庄子去瞧瞧，就可见耍子的人多咧。"

我插口道："近来可也有甚么新庄子建造起来么？"那船家指着宝石山方面一带浓绿的树荫道："先生们请看，那树荫缺处露出的一堵白墙，高高耸起的，便是一个新庄子。可是说新也不新，已有三个年头了。先生们前两年多分不曾来耍子，所以没有去过？"我点头称是，又问道："这叫甚么庄啊？"船家道："不叫甚么庄，却叫作鸳鸯楼。"云龛笑起来道："可是他们戏文中那个《血溅鸳鸯楼》的鸳鸯楼么？"船家道："不是的，似乎叫甚么卅六鸳鸯楼。"我对云龛一笑道："这名字艳得很，这其间定有甚么风流韵事在内。"云龛道："那是当然的，委实说，湖上的甚么庄甚么庄，已使人听得怪腻烦了。如今楼这么一楼，又加上'卅六鸳鸯'这个香艳名词，那自分外地觉得动听了。"我道："单是动听不希罕，还要动看才是。船家，这卅六鸳鸯楼中，可以去耍子么？"船家吸着早烟，似笑非笑地说道："先生们为甚么不带了娘儿们来，倘有娘儿们同来，不但可以耍子，还能在楼中住这么一个月咧。"我诧异道："为甚么带了娘儿们，就有这特别权利啊？"船家摇头道："小老也不大明白，只为前几天曾有两位客人搭着我的划子前去耍子，刚捺了门铃，那位守门的先生出来一看，说是单身的男客，照章不能进门。倘带娘儿们同来，便可住一个月，可是住不住也任从客便的。那两位客人不服气，第二天果然各带了一个娘儿前去，那位守门的先生果然开大了门欢迎了。据说里面真好耍子，没一个庄子比得上它。先生们倘要去，还是回去带了娘儿再来罢。"我道："我们的娘儿都在上海，难不成远迢迢地赶回上海去带来么？"船家微笑道："上旅馆去叫一个也行。"我忙道："那不行，好在我身上有名片在着，姑去递一个名片试试。"云宪道："不错，他们对于新闻记者去参观，也许是破格欢迎的。"

斜阳如血，已染得湖面上红喷喷的，真好似变作了桃花水了。我们便唤船家向宝石山下荡去，船家没奈何，在舷上扑去那旱烟斗的烟烬，重又打起桨来。不到半个时辰，已到了宝石山下，船家把小舫傍岸泊住了，说那楼还在半山，山路很不平，须得小心才是。我信口答应着，和云宪携手上岸，爬上山去瞧时，见有一条特筑的山径，标名"爱径"，全用白石筑成。却不知怎的，有意筑得崎岖不平，难以行走。倘带着娘儿们同来，那真有行不得哥哥之叹咧。山径的两旁，全种着桃柳，红绿相间，真合着"红是相思绿是愁"的好句儿。走到半径，卅六鸳鸯楼已在望中，那路却益发难走，云龛撑着一枝司的克，还不住地叫苦。我却一眼望见一株柳树下立着一块白漆紫字的木牌，上边大书道："真爱情的路径，永不平坦。莎士比亚"我笑着嚷了一声有趣，便指点给云龛瞧。云龛也连说有趣有趣，脚下顿似长了气力，一步步挣扎着上去，不以为苦了。走近了那卅六鸳鸯楼瞧时，见是一座最新式的大建筑，全部都是意大利的白石。屋前一大片园子，种满了无数的嘉树，浓荫蔽日，好似张了个天然的油碧之幄。四下里琪花瑶草，更长得烂烂熳熳。我们到了园门之前，见门顶上雕着一个甘比得（Cupid）小爱神像，一手张着弓，做射箭之状。但弓上并没金箭，使人意想到这金箭已射中在有情人的心坎上了。而那爱神的两个小厣，笑容可掬，更觉得娇憨可爱。那两扇大门是白漆的，门上钉着一块金牌，刻着五个字道"卅六鸳鸯楼"。字仿《灵飞经》，娟秀无比。我们刚到门前，已感受了十二分的美感了。我瞧那金牌之下，有一个心形的象牙小钮，料知是揿铃叫门用的。因便伸过手去捺了一下，立时听得里面起了一种银钟之声。当下我们从那大门的花格中，见有一对青年男女，手携手地出来应门。本来是满面春风的，一见我们是两个男客，就现出不欢迎的神情来。我却疾忙放出笑脸，将名片递了上去，说是专诚来参观的。那青年看了我的姓名，又给他那位女伴看，两下里居然就表示欢迎之意。在门边甚么机括上捺了一捺，那两扇花格大门，便徐徐地开了。我向云龛递了个眼色，小心翼翼地走将进去，又少不得给云龛介绍了一番。那青年落落大方地自道姓名，叫作秦青心，又指着他那女伴道："伊是我的爱人史爱爱小姐。"那女郎嫣然一笑，很柔媚地伸过一只玉手来和我们握了一握。我忙问那青年道："秦先生可是这里的主人？"青年道："不是的，在下不过奉了老师之命，在这里做个看守人，管理一切事务。"我道："如此这卅六鸳鸯楼是令老师的物业么？敢问令老师的姓名？"青年摇头道："我曾受老师训嘱，不可宣布，只需知道他是卅六鸳鸯楼主人就是了。"我道："但这位令老师又在哪里，可也住在这楼中么？"青年道："他是一个奇人，将一生心血所得，造成了这一座楼，专供别人享用。他自己却飘然远引，不知所之。他去后三年，只每逢春季来一封信，说是隐居在深山之中，度此余年。兹顺樵夫出山之便，带寄此信。祝卅六鸳鸯楼中的一对对有情男女，幸福无量。三年来接得他三封信，都是一样的几句话，倒像刻版文章一般，此外便鸾沉雁杳，无消无息了。"我想了一想，便缓缓地开口说道："瞧来你那位老师定是个失意情场的伤心人罢，但不知他那伤心之史，可能见告一二么？"那位史爱爱小姐正立在一旁，把几朵牡丹花扎个花冠儿戴，一听得我的话，忙道："先生快快乐乐地到这儿来，何必听人家伤心之史，替人伤心呢？"我道："对不起得很，在下只为要知道这卅六鸳鸯楼建造的经过，不得不问个仔细。加着在下有一个难忘的结习，就是喜欢听人家说伤心史，陪他下一掬同情之泪，请小姐原谅罢。"那女郎自管扎着那牡丹花的花冠，不做理会。

当下那青年接口道："事情也简单得很，我老师年轻的时候，曾爱上了一个才貌双绝的女孩子。在他的心目之中，以为是天上安琪儿，是天仙化人，并世找不到第二人了。他那么缠绵歌泣，挨过了五六年，经历了种种精神上的苦痛，不道他那爱人终于为家庭所迫，很委屈地嫁了个富家子去了。可是伊矢志不屈，虽进了夫家之门，却一味地装病，始终不曾失身。伊痴心妄想的还留着那清白之身，待将来供献于伊的恋人。至于有没有这机会，伊自己并无把握，并不知道，只抱着这希望死等罢了。这样过了十年，两家都为了体面关系，并不提出离婚。伊丈夫在外花天酒地，娶了几个妾回来，伊也完全不与闻，反是暗暗欢喜，以为伊那名义上的丈夫，往后可以不来和伊歪厮缠了。从此独守空房，过着寂寞的岁月，只暗藏着伊恋人的一幅小影，作为寂寞中的好伴侣。至于我那老师呢，也兀自痴痴地空望着，正像那失足落水的人一般，抓住了一根漂过的浮木，漂漂荡荡地泊浮着，抱着前途万一之望。他因郁闷过甚，不能自遣，好在自己只有孤零的一身，便带了钱周游天下。国内游倦了，又去游历欧美各国，他所见的美人很多，也尽有可以结丝萝之好的，但他不知怎的，忠心耿耿，总也忘不了他的爱人。终于回到故乡，便把回乡的消息设法报与爱人知道。他爱人总是安慰他，说你等着，我们要是不死，谅来总有希望罢。我老师一年年地等着，已等到五十岁了。一生辛苦，曾积下了好一笔钱，因此不愿再

喜相逢

出去做事。日常无聊得很，便根据着他爱人'总有希望'的一句话，抱起乐观来。提出他一大半的钱，建造这所卅六鸳鸯楼，希望将来和他爱人作同栖之用。因此一切建筑和布置等，全是和情爱相关合，简直是一座情爱之宫啊。谁知落成之后，刚布置定当，而他那爱人竟因历年优郁过度，呕血而死。临死写信给我老师，不许自杀，要为了伊生在世上，以终天年。倘不听伊的话，那么到了九泉之下，也不愿相见。他不敢违背伊临死的话，因此虽想自杀，而终于不曾自杀。他的本意，还想拆毁这座卅六鸳鸯楼，以志痛悼。但转念一想，不如借此作爱人的纪念物，因此也终于不曾拆毁，反开放了，供天下有情人来此小住。他自己却逃入深山隐居去了，临去时就把这楼托在下管理，又把他的一段伤心史告诉了我。唉，我听后，也不知落了多少眼泪咧。"

我听到这里，心中也不期然而然地生出一种异感来，弹去了眼角的两滴眼泪，说道："令老师真可算是个多情种子了，他自己因不愿享受这座情爱之宫，而很慷慨地让给别人享受，这是何等的牺牲。但他老人家可曾规定甚么办法没有？"那青年道："办法也很简单，总之凡有夫妇或情人成双而来的，这里一概欢迎。本来房间不多，老师去时却又添造了一层，恰凑成十八间卧房，给十八对夫妇或情人居住，可就暗合楼名'卅六鸳鸯'了。居住的期限，每对只可一个月，也叫作度蜜月。一切起居饮食，无不尽善尽美。因为他老人家留有常年的款，专作供应之用的。"我道："要是来的不止十八对，便怎么处？"青年道："那么请他们作为候补者，一这空房腾出，便立时通知他们前来。你瞧这里山明水秀，花笑鸟歌，又着了十八对有情眷属在内，可不是人间的仙境么？"我和云龛满口子啧啧赞美，少停我忙又向那青年说道："对不起秦先生，可能导我们把这卅六鸳鸯楼参观一遍么？"青年道："使得使得。"于是和他那位未婚夫人史小姐联着臂，导我们前去。只见楼的四周全是连理树，树上大半刻着双心交绾之形，并刻有中西姓名和表示情爱的语句诗句等。那青年指着说道："这都是三年来一般有情眷属刻了留作纪念的。楼的前面，有一座挺大的粉红云母石喷水池，中央立着恋爱女神维纳斯（Venus）石像，洁白如雪，池中蓄着鸳鸯，往来游泳，分外的道遥自在。从头排来，又恰恰是十八双。"我悄立

196　　　　　　喜相逢

叹羡了半晌，便跟着那一对少年情人游遍全园，见到处都种着毋忘侬花、紫罗兰花、海棠花、蔷薇花、断肠草等，也无非是些有情的花草，更足动人观感。据那青年说，每逢夏秋之交，西面的一个莲塘里，还开出并头莲来哩。我们离了园子，又到楼中。便见有许多男孩子女孩子走动很忙，都打扮得像小爱神模样，瞧他们那些苹果小脸，又没一张不是美丽可爱的。那青年对我说道："这些乔装的小爱神，都是伺应那班度蜜月的有情眷属的。"我没有话可以赞美，只很简捷地说道："美极了。"那一对少年情人一路哼着情曲，导我们参观楼下各室，有跳舞室、音乐室、体育室、游艺室、图书室、会客室、起居室。没一间不是穷极富丽，壁上全都是中外大画师亲笔所作的爱情名画。中如仇十洲的《张敞画眉图》，英国麦克施冬《蜜月》《情侣》诸真迹，更为名贵。天花板和壁板等，都是刻的小爱神像和中西爱情故事，十分精细。另有冬园一所，用五彩玻璃盖成。通明不障，遍种着奇花异草，以供冬间游散之用。园中并有孔雀、凤凰、相思鸟等种种名鸟，真个是悦目爽心，使人流连而不忍遽去。上了电梯，便是卧房了。上面共有三层，每层六大间，间间是文窗朱扉，钿床玉镜，中国紫檀的木器，波斯的地衣，法兰西的天鹅绒幔。总之所有陈饰，全是价值最高的东西。并且每间中都有自然的花香、自然的乐声，使那班住在里边的有情眷属，随时发生美感。我和云龛参观到这里，简直都看呆了。当下那一对少年情人，又介绍我们见过几对所谓有情眷属。我自己昏昏沉沉的也不知敷衍了些甚么话。末后便兴辞而出，踏上小舫的当儿，我禁不住又回头望了那卅六鸳鸯楼一眼，低低地念着白云庵中月老祠一联道："愿天下有情人，都成了眷属；是前生注定事，莫错过姻缘。"

（原载《紫罗兰》第1卷第10期，大东书局1926年4月26日版）

关于《一生低首紫罗兰——周瘦鹃文集》

　　凡欧美四十七家著作，国别计十有四，其中意、西、瑞典、荷兰、塞尔维亚，在中国皆属创见，所选亦多佳作。又每一篇署著者名氏，并附小像略传。用心颇为恳挚，不仅志在娱悦俗人之耳目，足为近来译事之光。唯诸篇似因陆续登载杂志，故体例未能统一。命题造语，又系用本国成语，原本固未尝有此，未免不诚。书中所收，以英国小说为最多，唯短篇小说，在英文学中，原少佳制，古尔斯密及兰姆之文，系杂著性质，于小说为不类。欧陆著作，则大抵以不易入手，故尚未能为相当之绍介；又况以国分类，而诸国不以种族次第，亦为小失。然当此淫佚文字充塞坊肆时，得此一书，俾读者知所谓哀情惨情之外，尚有更纯洁之作，则固亦昏夜之微光，鸡群之鸣鹤矣。

以上文字，是当年在教育部任职的鲁迅，审读了出版社送审的周瘦鹃《欧美名家短篇小说丛刊》后，和周作人一起写的审读报告。这篇审读报告，最初发表于1917年11月30日《教育公报》第四年第十五期上。从这篇审读报告里，可以看出周氏兄弟对周瘦鹃的这部翻译小说的看重。

周瘦鹃的《欧美名家短篇小说丛刊》于民国六年作为"怀兰集丛书"之一种在上海中华书局出版，分上、中、下三卷，天笑生、天虚我生和钝根分别作了序言。天笑生在序言中肯定了周瘦鹃的文字"自有价值"。天虚我生更是对这部巨制不吝赞美之词。钝根在序中说到周瘦鹃爱读小说时，介绍他这位朋友境况是："室有厨，厨中皆小说。有案，案头皆小说。有床，床上皆小说。且以堆垛过高，床上之小说，尝于夜半崩坠，伤瘦鹃足，瘦鹃于是著名为小说迷。"可见周瘦鹃热爱小说的程度，也就不难理解他耗费一年多的时间，来翻译这部《丛刊》了。该书上卷曰"英吉利之部"，共收英国短篇小说十余篇。中卷分为"法兰西之部""美利坚之部"。下卷分"俄罗斯之部""德意志之部"等欧洲多国的短篇小说。而且几乎在每篇小说前，都有原作者小传。通过小传，大体能了解作者的生平和这部小说的写作背景，让读者能更好地理解小说。该书一经出版，影响很大，一时有"空谷足音"之誉，也给周瘦鹃带来很大的知名度。

关于周瘦鹃其他的原创文学，我们在《周瘦鹃自编精品集》（广陵书社 2019 年 1 月出版）的编后记里，曾经有过简略的介绍：

周瘦鹃的写作，一出手就确定了他的创作方

向，即适合市民大众阶层阅读的通俗文学。他发表的第一篇作品《落花怨》（1911年6月11日出版的《妇女时报》创刊号），就带有浓郁的市井小说的味儿，而同年在著名的《小说月报》上连载的八幕话剧《爱之花》，同样走的是通俗文学的路子，迎合了早期上海市民大众的阅读"口感"，同时也形成了他一生的创作风格。继《爱之花》之后，他的创作成了"井喷"之势，创作、翻译同时并举，许多大小报刊上都有他的作品发表，一时成为上海市民文化阶层的"闻人"，受到几代读者的欢迎。纵观他的小说创作，著名学者范伯群先生给其大致分为"社会讽喻""爱国图强""言情婚姻"和"家庭伦理"四大类。"社会讽喻"类的代表作有《最后之铜元》《血》《十年守寡》《挑夫之肩》《对邻的小楼》《照相馆前的疯人》《烛影摇红》等，"爱国图强"类的代表作有《落花怨》《行再相见》《为国牺牲》《亡国奴家里的燕子》等，"言情婚姻"类的代表作有《真假爱情》《恨不相逢未嫁时》《此恨绵绵无绝期》《千钧一发》《良心》《留声机片》《喜相逢》《两度火车中》《旧恨》《柳色黄》《辛先生的心》等，"家庭伦理"类的代表作有《噫之尾声》《珠珠日记》《试探》《九华帐里》《先父的遗像》《大水中》等。他的这些成就的取得，不仅在大众读者的心目中影响深远，也受到了鲁迅等人的肯定。1936年10月，鲁迅等人号召成立文艺界抗日民族统一战线，周瘦鹃作为通俗文学的代表，也被鲁迅列名参加。周瘦鹃在《一瓣心香拜鲁迅》中还深情地说："抗日战争初起时，鲁迅先生等发起文化工作者联合战线，共御外侮，曾派人来要我签名参加，听说人选极严，而居然垂青于我。鲁迅先生对我的看法的确很好，怎的不使我深深地感激呢？"翻译和创作通俗小说而外，周瘦鹃还创作了大量的散文小品。他的散文小品题材广泛，行文驳杂，有花草树木、园艺盆景、编辑手记、序跋题识、艺界交谊、影评戏评、时评杂感、书信日记等，涉及社会生活的多个方面。此外，周瘦鹃还是一位成就卓著的编辑出版家，前半生参与多家报刊的创刊和编辑工作，著名的有《礼拜六》《紫罗兰》《半月》《紫兰花片》《乐园日报》《良友》《自由谈》《春秋》《上海画报》《紫葡萄画报》等，有的是主编，有的是主持，有的是编辑，有的是特约撰述。据统计，在1925年到1926年的某一段时间内，他同时担任五种杂志的主编，成了名副其实的名编。另外，他还写作了大量的古典诗词，著名的有《记得词》一百首、《无题》前八首和《无题》后八首等。

　　周瘦鹃一生从事文艺活动，集创、编、译于一身。在创作方面，又以散文成就最大，其中的"花木小品""山水游记""民俗掌故"被范伯群称为"三绝"（见范伯群著《周瘦鹃论》）。而"三绝"之中，尤其对"花木小品"更是情有独钟，不仅写了大量的随笔小品，还成为闻名天下的盆景制作的实践者。据他在文章中透露，早20世纪20年代末期，他就在苏州王长河头买了一户人家的旧宅，扩展成了一个小型私家园林。从此苏州、上海两地，都成了他的活动基地，在上海编报刊、搞创作，在苏州制作盆栽、盆景。而早年在上海

喜相逢

选购花木盆栽的有关书籍时，还曾巧遇过鲁迅。在《悼念鲁迅先生》一文中，他透露说："记得三十余年前的某一个春天，一抹斜阳黄澄澄地照着上海虹口施高塔路（即今之山阴路）口一家日本小书店，照在书店后半间一张矮矮的小圆桌上，照见桌旁藤靠椅上坐着一位须眉漆黑的中年人，他那瘦削的长方脸上，满带着一种刚毅而沉着的神情。他的近旁坐着一个日本人，堆着满面的笑正在说话。这书店是当时颇有名的内山书店，那日本人就是店主内山完造，而那位中年人呢，我一瞧就知道正是我所仰慕已久的鲁迅先生。"买有关盆栽的书而邂逅鲁迅先生，周瘦鹃自称是"三生有幸"，而此时，他还不知道鲁迅曾经大加赞赏过他的《欧美名家短篇小说丛刊》。鲁迅也偶尔玩过盆景的，他在散文集《朝花夕拾·小引》里，有这样一段话："广州的天气热得真早，夕阳从西窗射入，逼得人只能勉强穿一件单衣。书桌上的一盆'水横枝'，是我先前没有见过的：就是一段树，只要浸在水中，枝叶便青葱得可爱。看看绿叶，编编旧稿，总算也在做一点事。"这个"水横枝"，就是盆栽，清供之一种，如果当时周瘦鹃能够和鲁迅相认，或许也会讨论一下盆栽制作也未可知啊。

这次编辑出版《一生低首紫罗兰——周瘦鹃文集》文丛，是在《周瘦鹃自编精品集》的基础上，对周瘦鹃主要作品的又一次推介，或者说是一次延伸。文集中不仅收入了他很多的原创作品，如小说、随笔、小品、序跋、后记、编后记等等，也收入了他的翻译小说，即从他的那部影响深远的《欧美名家短篇小说丛刊》里，精选了部分篇什，分为《人生的片段》和《长相思》两册。周瘦鹃的其他原创作品，除《花花草草》之外，也精选了一部分代表作，编为六册，分别为《礼拜六的晚上》（散文随笔）、《落花怨》（短篇小说）、《女冠子》（短篇小说）、《喜相逢》（短篇小说）、《新秋海棠》（长篇小说）、《紫罗兰盦序跋文》等，这些作品和《花前琐记》《花前新记》等作品一起，代表了周瘦鹃一生中的主要创作成果。

由于水平有限，在选编过程中不免会有不妥或失当之处，敬请读者朋友们多多批评指正！

陈　武

2019 年 7 月 25 日高温于花果山下